MEISJE ONTMOET JONGEN

Mythen zijn universele en tijdloze verhalen die ons bestaan weerspiegelen en dit vormgeven – ze onderzoeken onze hartstochten, onze angsten en onze verlangens en voorzien ons van vertellingen die ons eraan herinneren wat het betekent mens te zijn.

'Mythen' is een reeks waarin enkele van de beste auteurs van de wereld worden samengebracht. Ieder van hen hervertelt een mythe op een moderne en memorabele manier. Schrijvers in deze serie zijn: Chinua Achebe, Karen Armstrong, Margaret Atwood, AS Byatt, Michel Faber, David Grossman, Milton Hatoum, Alexander McCall Smith, Tomás Eloy Martínez, Klas Östergren, Viktor Pelevin, Ali Smith, Donna Tartt, Su Tong, Dubravka Ugresic en Jeanette Winterson.

Ali Smith

Meisje ontmoet jongen

De mythe van Iphis

Vertaling Hien Montijn

2008

DE BEZIGE BIJ

AMSTERDAM

18. 04. 2008

Τάδε νυν ἑταίραις

ταῖς ἐμαισι τέρπνα κάλως ἀείσω.

voor Lucy Cuthbertson

voor Sarah Wood

Ver weg, in een andere orde, ver
weg van het snobisme en de glitter waarin
onze zielen en lichamen zijn
vastgelopen, wordt het werktuig gesmeed
van de nieuwe dageraad.

E.M. FORSTER

Het kenmerkt een bekrompen wereld om
geen vertrouwen te hebben in hen die niet definieerbaar zijn.

JOSEPH ROTH

Ik denk aan het verschil
tussen geschiedenis en mythe. Of tussen
uitdrukking en visie. De behoefte om
te vertellen en de gelijktijdige behoefte
om te ontsnappen aan de kluisters van het
verhaal – om niet naar waarheid weer te geven.

KATHY ACKER

Gender dient niet opgevat te worden als
een vaststaande identiteit ... gender is veeleer een
broze identiteit die zich mettertijd ontwikkeld heeft.

JUDITH BUTLER

Beoefen alleen onmogelijkheden.

JOHN LYLY

IK

Ik ga jullie vertellen over toen ik een meisje was, zegt grootvader.

Het is zaterdagavond; de zaterdagen zijn we altijd bij hen. De bank en de stoelen zijn achteruit tegen de muur geschoven. De teakhouten salontafel uit het midden van de kamer staat onder het raam. De vloer is vrijgemaakt om voor- en achterwaartse koprollen te maken, om met sinaasappelen en eieren te jongleren, om te leren hoe je een radslag maakt, hoe je op je hoofd staat, hoe je op je handen loopt. Onze grootvader houdt ons ondersteboven vast bij onze benen totdat we ons evenwicht hebben gevonden. Onze grootvader werkte in een circus voordat hij onze grootmoeder ontmoette en trouwde. Ooit stond hij op zijn handen boven op een hele groep handstaanders. Ooit stak hij over een koord de Theems over. De Theems is een rivier in Londen, dat hier achthonderd achtenveertig kilometer vandaan ligt volgens de kilometertabel in het wegenboek tussen de boeken bij onze vader thuis. O, was het over de Theems? zegt onze grootmoeder. Niet over de Niagara-watervallen? Ach, de Niagara, zegt onze grootvader. Dat was een heel ander verhaal.

Het is na turnen en voor *Blind Date*. Soms komt na turnen *Het Generatiespel*. Heel vroeger was *Het Generatiespel* het lievelingsprogramma van onze moeder, ver voordat wij geboren waren, toen ze nog net zo klein was als wij. Maar onze moeder is er niet meer en wij vinden *Blind Date* trouwens veel leuker, waarin het elke week vaste prik is dat een jongen uit drie meisjes een meisje kiest en een meisje uit drie jongens een jongen, met elke keer tussen hen in een scherm en Cilla Black. Daarna komen de uitgekozen jongens en meisjes uit het programma van de afgelopen week terug en vertellen over hun blind date, die in de regel vreselijk is verlopen, en altijd is er de opgewonden vraag of er wel of geen bruiloft zal plaatsvinden, zoals dat heet voordat mensen scheiden, en ter gelegenheid waarvan Cilla Black een hoed zal dragen.

Maar wat is Cilla Black eigenlijk, een jongen of een meisje? Ze lijkt geen van beiden te zijn. Ze kan naar de jongens kijken als ze dat wil; ze kan naar de andere kant van het scherm lopen en naar de meisjes kijken. Ze kan, om de mensen aan het lachen te maken, als een tovenaar, of een potsenmaker, aan een van beide kanten opduiken. Het publiek heeft altijd dolle pret als ze dat doet.

Doe niet zo bespottelijk, Anthea, zegt Midge, en ze kijkt me fronsend aan.

Cilla Black is van de jaren zestig, zegt onze grootmoeder, alsof dat alles verklaart.

Het is zaterdag en theetijd, na het eten en voor het bad. Het is altijd opwindend op stoelen te zitten op plekken waar ze normaal niet staan. Midge en ik zitten ieder op een knie van grootvader en gedrieën zitten we in de achteruitgeschoven fauteuil geklemd en wachten tot onze grootmoeder komt zitten. Ze trekt haar fauteuil dichter naar het elektrische vuur. Ze drukt met haar volle gewicht tegen de salontafel en schuift hem op zodat ze de voetbaluitslagen kan zien. Daarvoor hoef je het geluid niet aan te zetten. Dan ordent ze de tijdschriften op het blad onder de tafel en dan gaat ze zitten. Van de theekopjes komt stoom af. In onze mond proeven we beboterde toast. Tenminste, ik neem aan dat wij die allemaal proeven, omdat we allemaal dezelfde toast hebben gegeten – nou ja, verschillende happen van dezelfde toast. Dan begin ik me zorgen te maken. Want stel je voor dat wij allemaal de dingen anders proeven? Dat elk hapje toast een volkomen andere smaak heeft? Per slot van rekening hadden de twee hapjes die ik nam elk absoluut een enigszins andere smaak. Ik kijk de kamer rond, kijk naar ieders gezicht. Dan proef ik de smaak in mijn eigen mond weer.

Dus ik heb jullie nooit verteld over die keer dat ze me een week in de gevangenis hebben gestopt toen ik een meisje was? zegt mijn grootvader.

Waarom? zeg ik.

Omdat je beweerde een meisje te zijn terwijl je geen meisje was, zegt Midge.

Omdat ik dingen schreef, zegt onze grootvader.

Wat voor dingen? zeg ik.

GEEN STEM, GEEN GOLF, zegt onze grootvader. Ze stopten ons in de gevangenis omdat wij, mijn vriendje en ik, dat met zoutzuur op de green schreven. Waar heeft een jong meisje als jij dat zoutzuur voor nodig? vroeg de drogist me toen ik het ging kopen.

Grootvader, toe nou, zegt Midge.

Waarom wil een meisje als jij daar vijftien flessen van? zei hij. En ik, stommerd die ik was, vertelde waarvoor. Ik wil er dingen mee schrijven op de golfbaan, zei ik tegen hem, en hij verkocht het me, dat wel, maar daarna ging hij naar het politiebureau om Harry Cathcart eens haarfijn te vertellen wie er een hele voorraad zoutzuur was komen kopen. Maar wij waren best trots dat we de gevangenis in gingen. Ik was trots toen ze me kwamen halen. Tegen iedereen op het politiebureau zei ik, ik doe het omdat mijn moeder haar naam niet kan schrijven, laat staan stemmen. Jullie overgrootmoeder schreef haar naam met x'en. x x x. Mary Isobel Gunn. En die keer dat we met de Moddermars meeliepen, zegt onze grootvader. Tjonge jonge. Het heette de Moddermars vanwege – ja, vanwege wat?

Vanwege de modder, zeg ik.

Vanwege de modder die we allemaal onder aan onze rokken kregen, zegt onze grootvader.

Grootvader, zegt Midge. Hou op.

Je had al die accenten van ons moeten horen, net een enorme zwerm van allemaal verschillende vogels, allemaal in de lucht, allemaal tegelijk zingend. Merels en vinken en zeemeeuwen en lijsters en spreeuwen en zwaluwen en kieviten, stel je eens voor. We kwamen uit het hele land, uit Manchester, Birmingham, Liverpool, Huddersfield, Leeds, alle meiden die in de kledingwerkten, want dat was wat de meesten van ons deden – textiel, bedoel ik – en uit Glasgow, uit Fife, zelfs hiervandaan gingen we erheen. Algauw waren ze zo bang van onze demonstraties dat ze gloednieuwe wetten tegen ons ontwierpen. Ze zeiden dat we alleen nog maar in groepen van niet meer dan twaalf mochten lopen. En steeds moest elke groep van twaalf meisjes vijftig meter afstand houden. En wat denken jullie dat ze naar ons gooiden omdat we demonstreerden, wat denken jullie dat ze naar ons gooiden toen we onze toespraak hielden voor de enorme menigte mensen die was komen luisteren?

Eieren en sinaasappels, zeg ik. Modder.

Tomaten en viskoppen, zegt Midge.

En wat gooiden wij naar het belastingkantoor, het ministerie van Binnenlandse Zaken het parlementsgebouw? zegt hij.

Viskoppen, zeg ik.

Ik vind het idee om viskoppen naar officiële historische gebouwen te gooien heel grappig. Onze grootvader pakt me steviger beet.

Nee, zegt hij. Stenen, om de ruiten in te gooien.

Niet zo elegant, zegt Midge vanaf de andere kant van zijn hoofd.

Nou, juffrouw Midge..., zegt onze grootvader.

Ik heet geen Midge, zegt Midge.

Nou, toevallig waren we wel heel elegant. We gooiden de stenen in kleine linnen tasjes die we eigenhandig hadden gemaakt speciaal om de stenen in te stoppen. Zo elegant waren we. Maar daar gaat het niet om. Daar gaat het niet om. Nu moeten jullie opletten. Luisteren jullie? Zijn jullie klaar?

Daar gaan we weer, zegt onze grootmoeder.

Heb ik jullie nooit verteld over die keer dat ik echt belangrijk was, een onmisbare rol had toen Burning Lily uit het land werd gesmokkeld, de beroemde Burning-Building-Girl uit het noordoosten?

Nee, zeg ik.

Nee, zegt Midge.

Nou, dan zal ik het vertellen. Of niet? zegt onze grootvader.

Ja, zeg ik.

Goed hoor, zegt Midge.

Weten jullie het zeker? zegt hij.

Ja! zeggen we gelijktijdig.

Burning Lily, zegt hij, was beroemd. Ze was om een heleboel dingen beroemd. Ze was een danseres en ze was heel, heel erg mooi.

Kon nooit z'n ogen van de grietjes afhouden, zegt onze grootmoeder, haar ogen niet van de televisie afhoudend.

Maar op een dag, zegt onze grootvader, op haar eenentwintigste verjaardag, de dag waarop de mooie (hoewel natuurlijk lang niet zo mooi als jullie grootmoeder) de dag waarop de mooie Burning Lily een volledig volgroeide volwassene werd – hetgeen verondersteld wordt te gebeuren op de dag dat je eenentwintig wordt –, keek ze in de spiegel en zei tegen zichzelf, nu is het genoeg geweest. Ik ga de dingen veranderen. En zo liep ze regelrecht naar buiten en gooide als cadeautje voor zichzelf een ruit in.

Belachelijk cadeau, zegt Midge. Voor mijn verjaardag vraag ik een Mini Cooper.

Maar al snel besefte ze dat ruiten ingooien, ook al was het een goed begin, lang niet genoeg was. En dus begon ze gebouwen in brand te steken – gebouwen zonder mensen erin. Dat werkte. Dat trok aandacht. Daarna werd ze steeds naar de gevangenis afgevoerd. En daar, in de gevangenis, in haar cel, weten jullie wat ze daar deed?

Wat dan? zegt Midge.

Ze hield op met eten, zegt hij.

Waarom? zeg ik, en terwijl ik dat zeg heb ik mijn mond vol met de smaak van toast.

Omdat ze een soort anorexia had, zegt Midge, en ze in bladen te veel foto's van zichzelf had gezien.

Omdat haar niets anders te doen stond, zegt onze grootvader tegen mij over het hoofd van Midge heen. Toen deden ze dat allemaal, uit protest. Allemaal deden we het. Ik deed het ook. Jullie zouden het ook doen.

Nou, ík niet, zegt Midge.

Jawel, jij zou het ook doen als dat het enige was wat je kon doen. Dus dwongen ze Burning Lily te eten.

Hoe? zei ik. Je kunt iemand niet dwíngen te eten.

Door een slang in haar keel te steken en door in de slang voedsel te proppen. Behalve dat ze, bij vergissing, de slang in het verkeerde deel van haar keel staken, in haar luchtpijp, en ze het voedsel rechtstreeks in haar longen pompten.

Waarom? zeg ik.

Gatver, zegt Midge.

Rob, zegt onze grootmoeder.

Ze moeten het weten, zegt onze grootvader. Het is waar. Het is gebeurd. En van dat gedoe met die slang in haar luchtpijp is ze erg ziek geworden, dus ontsloegen ze haar uit de gevangenis, omdat ze bijna doodging. En dat zou heel slechte reclame zijn geweest voor de politie en de gevangenis en de regering. Maar tegen de tijd dat het beter ging met Burning Lily, vaardigden ze een nieuwe wet uit die zei: zodra een van die meisjes buiten de gevangenis is genezen en niet in de gevangenis doodgaat, door ons toedoen, alsof wij haar gedood hadden, kunnen we er onmiddellijk op afgaan en haar opnieuw arresteren.

Maar weten jullie wat?

Wat dan? zeg ik.

Wat dan? zegt Midge.

Burning Lily wist steeds weer uit hun handen te blijven. Ze flikte het telkens weer. Ze bleef lege gebouwen in brand steken.

Ze leek wel hartstikke gestoord, zegt Midge.

Alleen lege gebouwen, let wel, zegt onze grootvader. *Ik zal nooit een mensenleven anders dan het mijne in gevaar brengen*, zei ze. *Ik roep altijd als ik een gebouw binnenga om er zeker van te zijn dat er niemand is. Maar ik zal ermee doorgaan zolang het nodig is dingen ten goede te veranderen.* Dat zei ze voor de rechtbank. Voor de rechtbank gebruikte ze heel veel verschillende namen. Lilian. Ida. May. Dat was voordat ze wisten hoe iedereen eruitzag, zoals ze nu weten, dus glipte ze door hun vingers zoals water wanneer je dat in je vuist houdt. Het was voordat ze film en foto's gebruikten, zoals tegenwoordig, om te weten wie wie is.

Ik houd mijn hand, tot een vuist gebald, op. Ik open hem, sluit hem.

En zij ging maar door, zegt hij. Met de politie steeds achter haar aan. En we wisten dat ze de volgende keer vast en zeker zou doodgaan, dat ze vast en zeker zou doodgaan als ze haar weer te pakken kregen, omdat ze te zwak was voor nog veel vaker zo'n hongertoestand. En op een dag – toen – zeg, luisteren jullie wel?

Ja, zeggen we.

Op een dag, zegt onze grootvader, kwam er een vriendin bij mij thuis en zei tegen me: Morgen moet je je als boodschappenjongen verkleden.

Wat is een boodschappenjongen? zeg ik.

Sst, zegt Midge.

Ik was klein van stuk, zegt onze grootvader, ik was negentien, maar ik kon voor twaalf of dertien doorgaan. En ik zag er ook een beetje uit als een jongen.

Ja, zegt Midge, omdat je er een wás.

Sst, zeg ik.

Ik bekeek de kleren die ze in een tas voor me had meegebracht, zegt onze grootvader, ze waren best schoon, ze stonken niet al te erg, ze roken een beetje naar leer, een beetje zoals jongens ruiken.

Bah, zegt Midge.

Hoe ruiken jongens? zeg ik.

En ze zagen eruit alsof ze me zouden passen. En kijk eens aan, ze pasten me. Dus trok ik ze de volgende ochtend aan en stapte in de kruideniersauto die voor de deur voor me stopte. En het meisje dat achter het stuur zat stapte uit en een jongen nam het stuur over, en ze gaf de jongen een zoen toen ze uitstapte. En voordat ze achter in de auto onder het zeil plaatsnam, gaf het meisje me een opgerold tijdschrift met stripverhalen en een appel, en een mand met spullen – thee, suiker, een kool, een paar wortelen. En ze zei, trek je capuchon diep over je hoofd en steek nu je neus in het tijdschrift en neem een hap uit die appel als je uit de auto stapt. Dus dat deed ik, ik deed wat ze zei, ik sloeg het tijdschrift ergens open en hield het voor me, en de plaatjes dansten de hele weg op en neer voor mijn ogen en toen we bij het juiste huis kwamen zette de jongen die reed de auto stil en de voordeur van het huis ging open en een vrouw schreeuwde, Oké! Hier is het! En ik rende naar de achterkant, daar waar boodschappenjongens verondersteld werden heen te gaan, ik hield het tijdschrift voor mijn gezicht, en ik nam twee happen uit de appel, het was een heel grote appel, appels waren een stuk groter in de tijd dat ik een meisje was.

Ditmaal zegt Midge niets. Ze is een en al oor, net als ik.

En in de gang van het grote huis zag ik mezelf in een spiegel, behalve dat het geen spiegel was en ik was het ook niet. Het was iemand anders die precies dezelfde kleren droeg, het was een knappe jongen met precies dezelfde kleren aan. Maar hij was heel erg knap en zo wist ik dat hij niet mij was en ik niet hem.

Rob, zegt onze grootmoeder.

Hij was knap, alhoewel hij heel mager en bleek was, en hij schonk me een mooie, brede glimlach. En de vrouw die me mee het huis in had genomen hield de mand onderste-boven, zodat alle boodschappen op de vloer vielen, alsof de boodschappen haar niets konden schelen, en toen gaf ze de lege mand aan de knappe jongen en tegen mij zei ze dat ik hem het tijdschrift en de appel moest geven. Hij liet de mand aan zijn arm bungelen en liet het blad in zijn hand openvallen en vervolgens nam hij zelf een hap uit de appel, en toen hij de deur uit ging, draaide hij zich om en knipoogde naar me. En toen zag ik het. Het was een prachtig meisje. Het was Burning Lily in levenden lijve, met precies dezelfde kleren aan als ik, die zich had omgedraaid en me een knipoog had gegeven.

Onze grootvader knipoogt naar onze grootmoeder. Nou, Helen? zegt hij.

Vroeger, in de tijd van de Keltische stammen, zegt onze grootmoeder, waren de vrouwen kiesgerechtigd. Je moet altijd vechten om de dingen die je verloren hebt terug te krijgen. Zelfs als je misschien niet eens weet dat je ze überhaupt ooit hebt bezeten. Ze keert zich weer naar de televisie. Jezus. Zes-nul, zegt ze. Ze schudt haar hoofd.

Ik wil ook gerechten kiezen, zeg ik.

Je kunt alles kiezen wat je wilt, zegt onze grootvader, dankzij meisjes als Burning Lily. En weet je wat? Die dag ging ze helemaal naar de kust, kilometers ver weg naar een boot die op haar wachtte, zonder de politie, die, terwijl ze het huis in de gaten hield, niet eens wist dat ze gekomen was en weer vertrokken.

Grootvader, je lijkt wel niet goed wijs, zegt Midge. Want als je goed nadenkt, en zelfs als jij een meisje was geweest, zou je volgens dat verhaal aan het begin van de eeuw zijn geboren en – nou ja, ik bedoel maar, je bent best wel oud en zo, maar niet zo oud.

Midge, lief, wreed, cynisch hartje van me, zegt onze grootvader. Je moet nog leren dat er een soort hoop bestaat waardoor dingen geschiedenis worden. Anders zal er geen echte hoop zijn voor jouw eigen diepe waarheden en geen echte waarheid voor jouw kleinkinderen.

Ik heet Imogen, zegt Midge, en ze gaat van zijn knie af.

Onze grootmoeder staat op.

Je grootvader verbeeldt zich dat hij alle verhalen van de wereld moet vertellen, zegt ze.

Alleen de belangrijke, zegt onze grootvader. Alleen die verhalen die verteld moeten worden. Sommige verhalen moeten meer verteld worden dan andere. Zo is het toch, Anthea?

Zo is het, grootvader, zeg ik.

Ja, zo is het, had Midge gezegd. En toen ging je meteen naar buiten en gooide een steen tegen het keukenraam, weet je nog?

Ze wees naar het raam, het raam recht voor ons, met de vaas met narcissen en de gordijnen die ze helemaal in Aberdeen was gaan kopen.

Nee, zei ik. Dat weet ik niet meer. Ik weet er niets meer van. Het enige wat ik me nog kan herinneren is iets over *Blind Date* en dat er altijd toast was.

We tuurden beiden naar het raam. Het was hetzelfde raam, maar anders, onmiskenbaar anders, bijna vijftien jaar anders. Het zag er niet uit alsof het ooit kapot was geweest of dat het ooit anders was geweest dan het nu was.

Ging het stuk? vroeg ik.

Ja, zei ze. Natuurlijk ging het stuk. Zo'n soort meisje was je. Ik had dat moeten laten opnemen in je psychologische rapport voor Pure. Laat zich zeer gemakkelijk beïnvloeden. Onbezonnen tegendraads.

Poeh, zei ik. Helemaal niet. Ik ben niet degene die zich

laat beïnvloeden. Ik knikte naar de voorkant van het huis. Ik bedoel maar, wie kocht er voor duizenden ponden een motorfiets omdat daar het woord REBEL op was geschilderd? zei ik.

Daarom kocht ik hem niet, zei Midge, en vanaf haar nek tot aan haar oren werd ze net zo rood als de motor. Het was precies de goeie prijs en het goeie model, zei ze. Ik kocht hem niet omdat er een of ander stom woord op stond.

Het zat me niet lekker wat ik had gezegd. Ik voelde me ongemakkelijk zodra ik het me had laten ontvallen. Woorden. Moet je zien wat ze kunnen aanrichten. Want nu zou ze misschien nooit meer op dezelfde onschuldige manier op die motor kunnen gaan zitten en dat zou dan mijn schuld zijn. Misschien had ik haar motor wel voor haar verknald. Ze was duidelijk in haar wiek geschoten, dat voelde ik aan de kalme, hooghartige manier waarop ze me behandelde, zei dat ik maar beter niet te laat kon komen en dat ik haar op het werk geen Midge moest noemen, vooral niet als Keith in de buurt was. Daarna deed ze de voordeur zo geluidloos achter zich dicht dat het een belediging was.

Ik probeerde me te herinneren wie van de Pure-mensen Keith was. Ze zagen er allemaal hetzelfde uit, de bazen met hun enigszins verengelste accent en hun volgens de laatste mode gladgeschoren hoofden. Ze zagen er allemaal veel te oud uit voor die haardracht. Ze zagen er allemaal uit alsof ze bijna kaal waren. Ze zagen er allemaal uit alsof ze Keith konden heten.

Ik hoorde hoe ze het dekzeil eraf haalde en netjes opvouwde; daarna hoorde ik haar op de motor stappen, hem starten en bulderend de oprit af rijden.

Rebel.

Het regende. Ik hoopte dat ze het kalmpjes aan zou doen in de regen. Ik hoopte dat ze goede remmen had. Het had elke dag geregend sinds ik terug was gekomen, de hele week. Schotse regen is geen fabeltje, hij bestaat echt. Regen is alles wat ik heb, schatje, elke dag van de week. En de regen die reeghnet elke dag. En toen ik nog een heel klein meisje was, van je hé, van je ho, in regen en wind.

Ja, want dat was nog iets wat Midge razend maakte toen we nog heel kleine meisjes waren, dat hij altijd de woorden veranderde. Als jij het hoofd nog weet te bieden. Waar iedereen zich reeds gewonnen gaf. Als het jou koud laat dat wat jij naar waarheid sprak. Als jij de moed en energie nog op kunt brengen. Als jij die ene onmisbare minuut kunt geven. En daarmee zestig kostbare seconden wint. Dan is van jou de wereld, met alles wat erbij hoort. En – en dat is nog mooier – je zult een vrouw zijn, mijn dochter NEE NEE GROOTVADER DAT RIJMT NIET krijste ze altijd, dan stond ze daar op het linoleum, waar er nu nieuw parket ligt, en gilde in een onvermoede woede, niet veranderen! niet veranderen! je verandert het! het is gemeen! het is vals! Dat was ik ook vergeten. Onvermoede woede, zo'n zoet geluid. En *Midge, mag ik dat boek? Je mag het hebben als je het toverwoord weet, wat is het toverwoord?* Imogen was het toverwoord. *Midge, mag ik de rest van je frieten? Midge, mag ik je fiets lenen? Midge, zeg jij dat jij het hebt stukgemaakt? Ja, als jij het toverwoord zegt, wat is het toverwoord?* Er was iets in Midge veranderd. Iets fundamenteels. Ik probeerde erachter te komen wat het was. Het was daar vlak voor mijn neus en toch zag ik het niet.

Ze hadden een salontafel van teakhout. Ik herinner me nu hoe trots ze waren dat hij van teakhout was gemaakt. God mag weten waarom. Was teakhout zo belangrijk? De teakhouten salontafel was allang verdwenen. Al hun spullen waren verdwenen. Ik had geen idee waarheen. Het enige wat hier nog echt aan hen herinnerde had te maken met de manier waarop het licht door dezelfde ruit van de voordeur viel en de ingelijste foto die Midge aan de muur had gehangen naast waar de deur naar de eetkamer was.

Eetkamer. Wat een woord. Wat een langverdwenen woord, een woord dat op de bodem van de zee is gezonken. Midge had de muren van de eetkamer naar de woonkamer doorgebroken om er één grote ruimte van te maken. Ze had er centrale verwarming in laten aanleggen. Om een grotere badkamer te maken had ze de muur doorgebroken van de badkamer naar het kleinste slaapkamertje waar ik altijd de zaterdagnachten dat we er logeerden sliep; en nu stond er een bad waar vroeger mijn eenpersoonsbed had gestaan. Ze had de voortuin, waar vroeger de rozen en anjers van onze grootmoeder stonden, laten bestraten. Nu stond daar Midge' motorfiets.

Op de foto zagen ze er oud uit, dat kon ik nu zien. Ze zagen eruit als twee oude mensen.

Hun trekken waren zacht. Hij zag er charmant, innemend uit, bijna meisjesachtig. Zij zag er krachtig uit, met uitstekende jukbeenderen, alsof een glimlachende jongeman uit een of andere film uit de Tweede Wereldoorlog in een oudere huid was gekropen. Ze hadden een wijze blik. Ze keken als mensen wie het niet kon schelen, die wisten hoe weinig tijd er nog restte. Kom in boot twee, je tijd is op. Vijf jaar geleden gingen ze op vakantie naar Devon. In een opwelling kochten ze in een botenwinkel een trimaran en stuurden onze vader een briefje. Beste zoon, op weg om de wereld te zien, liefs voor de meisjes, zijn gauw weer terug. In die opwelling zeilden ze weg. Ze hadden nooit van hun leven gezeild.

Wijze dwazen. Ze stuurden ons kaarten vanaf de Spaanse en Portugese kust. Toen hielden de kaarten op. Twee jaar geleden kwam vader naar het noorden en plaatste op de begraafplaats boven hun lege perceel, het perceel dat ze gekocht hadden vóór onze geboorte, een grafsteen, met hun namen en een foto erop, dezelfde foto als waarnaar ik nu sta te kijken, en de woorden op de steen onder de bomen, naast het kanaal, te midden van vogelgezang en honderden andere stenen, boven het lege stukje grond, waren: ROBERT EN HELEN GUNN GELIEFDE OUDERS EN GROOTOUDERS VERDWENEN OP ZEE 2003.

Op de ruggen der dolfijnen. Vertrouwd met de golven.

Toen gaf hij het huis aan ons, als wij het tenminste wilden hebben. Midge trok erin. Nu was ik hier dankzij Midge. Nu had ik een baan dankzij Midge.

Ik wilde Midge vooral niet dankbaar zijn.

Maar ik was thuis, ik had een thuis hier in Inverness, dankzij Midge. Nou ja, dankzij hén beiden, vijf vadem diep, waar zeewier waaiert om hun ontbonden, op het zand van de zeebodem liggende botten. Was de zeebodem donker? Was hij koud? Kwam daar beneden nog enig zonlicht? Ze waren gekaapt door sirenen, betoverd door Scylla en Charybdis. Cilla en Charybdis. Daarom moest ik aan *Blind Date* denken. Daarom moest ik denken aan het weinige dat ik me nog herinnerde van die zaterdagen, de zaterdagse toast, de zaterdagse televisie. Dat en de onbeweeglijke en innemende gezichten op de muur, van die oude, die wijze mensen.

Ik wou dat ik oud was. Ik was het beu om zo jong te zijn, zo stomweg pienter, zo stomweg verstrooid. Ik was het beu om hoe dan ook iets te moeten zijn. Ik voelde me als internet, een en al informatie, maar geen enkele informatie die er meer toe deed dan andere, en met al zijn koppelingen als dunne witte wortels van een geknakte plant die uit de grond is opgegraven en ligt uit te drogen. En telkens als ik probeerde toegang tot mezelf te krijgen, telkens wanneer ik mezelf aanklikte, in een poging iets dieper in te gaan op de betekenis van 'Ik', ik bedoel dieper dan een razendsnel opgehaalde pagina op Facebook of MySpace, was het alsof ik wist dat ik op een ochtend wakker zou worden en zou proberen in te loggen, om dan te ontdekken dat zelfs díe versie van 'Ik' niet meer bestond, omdat alle servers over de hele wereld plat lagen. Zo wortelloos. Zo breekbaar. En wat moest die arme Anthea dan doen, ocharme?

Ik zat in een schuur. Hield mezelf warm. Met mijn hoofd onder mijn arm, ocharm.

Ik vroeg me af of Midge zich nog het rijmpje over de vogel in de schuur en de sneeuw die op komst was herinnerde. In mijn herinnering had het iets te maken met onze moeder. Ik wist niet of dat een echte herinnering was of dat ik het zelf had verzonnen.

Ik ging op de keukenvloer zitten. Met mijn vinger trok ik een vierkant op het parket. Kom op. Kop op. Ik hoorde op weg naar mijn werk te zijn. Ik hoorde op weg te zijn naar mijn tweede nieuwe dag bij Pure. Ik had een goeie nieuwe baan. Ik zou goed geld verdienen. Het was allemaal goed. Ik was een Creatief. Dat was ik. Zo iemand was ik. Anthea Gunn, Pure Creatief.

Maar ik tuurde naar mijn grootouders op hun foto, met hun armen om elkaar heen en hun hoofden bij elkaar, en ik wou dat mijn botten ontbonden waren, ik wou dat ze, schoongevreten door vissen, vermengd lagen met de botten van een ander lichaam, een lichaam dat mijn botten en hart en ziel tientallen jaren lang met peilloze liefde had liefgehad, en wij beiden nu diep op de bodem, alleen nog maar kale botten op de donkere zeebodem.

Midge had gelijk. Ik zou te laat op mijn werk komen. Ik was al te laat.

Niet Midge. Imogen. (Keith.) (Wat is het toverwoord?)

Mijn zuster had tenminste een shakespeariaanse naam. Haar naam betekende tenminste iets. Anthea. Godallemachtig.

Werden mensen niet verondersteld vernoemd te worden naar goden en godinnen, rivieren, belangrijke plaatsen, hoofdpersonen uit boeken of toneelstukken, of familieleden die vóór hen gestorven waren?

Ik ging naar boven en trok de juiste kleren aan. Ik ging naar beneden. Ik pakte mijn paraplu. Ik trok mijn jasje aan. Op weg naar de voordeur bleef ik staan en keek in de spiegel. Ik was eenentwintig jaar oud. Mijn haar was licht en mijn ogen waren blauw. Ik was Anthea Gunn, vernoemd naar het een of andere meisje uit het verleden dat ik nooit gekend had, een meisje uit een televisieprogramma op de zaterdagavond dat altijd zo'n aardige pirouette wist te maken, dat altijd leuke jurken droeg en op wie mijn moeder, toen ze zelf een heel klein meisje was, zo ontzettend graag had willen lijken als ze zelf later groot zou zijn.

Somber ging ik naar buiten en zuivere lucht overviel me. De lucht zat vol vogelgezang. Ik ging naar buiten in de verwachting dat het zou regenen, maar het was zonnig, het was plotseling zo volop zonnig, met zo'n helder voorjaarslicht dat vanaf de rivier kwam, dat ik naar beneden naar de oever van de rivier liep en tussen de narcissen ging zitten.

Boven op het trottoir liepen mensen voorbij. Ze keken op me neer alsof ik gek was. Een zeemeeuw patrouilleerde op de balustrade. Hij bekeek me alsof ik gek was.

Het was duidelijk dat er nooit iemand naar beneden naar de rivieroever liep. Het was duidelijk dat niemand verondersteld werd dat te doen.

Ik liet mezelf tot aan het water glijden. Ik droeg daar-

voor de verkeerde schoenen. Ik deed ze uit. Het gras was
heel nat. De voeten van mijn kousen werden donker. Ik
zou mijn werkkleren verpesten.

Op de Ness, dicht bij de oever, deinend bij mijn voeten,
lag bloesem, een dunne rijp van drijvende bloemblaadjes
die van de bomen onder de kathedraal achter me waren
af geblazen. Langs de rivier stonden kerken, als om te be-
wijzen dat fatsoenlijke mensen nog altijd ergens in geloof-
den. Misschien deden ze dat ook. Misschien dachten ze
dat het verschil maakte, al die ceremoniële huwelijken en
dopen en vormsels en begrafenissen, al die eeuwen dat ze,
in hun verschillende kerken die elk gevuld waren met dezelfde koude lucht uit de bergen en de Baai, vroegen dat
de dingen uiteindelijk een betekenis zouden krijgen, vroegen om een bewijs dat de wereld in grotere handen lag dan
mensenhanden. Zelf zou ik al blij zijn, dacht ik terwijl ik
in het natte gras zat met mijn handen in de nog steeds
warme binnenkant van mijn schoenen, met de wetenschap
dat de wereld een bes was in de snavel van een vogel, of
niets meer dan een stukje met gras begroeide helling als
deze, dat door een of ander onbetekenend schepsel op een
mooie lenteochtend uit het kosmische niets was opgevist.
Dat zou genoeg zijn. Dat zou prachtig zijn. Het zou prachtig zijn als je dat zeker wist.

De rivier zelf was snel en zwart. Hij was geruststellend. Hij was al hier ver voordat er een stad was met zijn winkels, zijn kerken, zijn restaurants, zijn huizen, zijn ingezetenen die kwamen en gingen, zijn scheepswerven, zijn visindustrie, zijn haven, zijn jarenlange ruzies over wie hiervan het geld kreeg, vervolgens de inscheping van jongenssoldaten uit de Hooglanden naar het zuiden voor de oorlogen van koningin Victoria, op boten op het gloednieuwe kanaal langs de meren in de uit het ijs gehakte bergspleet van de Great Glen.

Als ik wilde kon ik gewoon de rivier in lopen. Ik kon opstaan en mezelf de hele helling van de kade af laten rollen. Ik kon mezelf aan de snelle oude rivier geven, mezelf erin werpen als een steen.

Bij mijn voet lag een steen. Het was een steen van hier, een steen met witte ribbels met een glinstering van mica erdoorheen. Die wierp ik erin in plaats van mezelf.

De rivier lachte. Ik zweer dat hij lachte. Hij lachte en veranderde terwijl ik keek. En terwijl hij veranderde, bleef hij dezelfde. Bij de rivier ging het om de tijd, om hoe weinig tijd er eigenlijk toe deed. Ik keek op mijn horloge. Verdomme. Ik was anderhalf uur te laat. Ha ha! De rivier lachte weer naar me.

Dus ik lachte ook, en in plaats van naar mijn werk te gaan, ging ik de stad in en liep een tijdje rond in het nieuwe winkelcentrum.

We hadden hier nu precies dezelfde winkels als in elke grote stad. Ze hadden alle grote merken en alle zelfde labels. Daardoor hadden we het hier net zo goed als in alle grote steden in het land – wat 'goed' ook inhield.

Maar het winkelcentrum was vol met winkelende mensen die er oneindig treurig uitzagen, en de mensen die daar in de winkels werkten zagen er zelfs nog treuriger uit, en sommigen van hen keken gemeen, keken naar me alsof ik een bedreiging was, alsof ik zou stelen, omdat ik om half-elf 's ochtends rondliep zonder iets te kopen. Dus vertrok ik uit het nieuwe winkelcentrum en ging naar de tweedehandsboekwinkel.

De tweedehandsboekwinkel was vroeger een kerk geweest. En nu was het een kerk voor boeken. Maar er waren heel weinig exemplaren tussen de afgedankte boeken die je kon doorbladeren zonder enigszins misselijk te worden. Zoals dat gedicht dat ik kende, over hoe je een boek uitleest, het dan dichtslaat en in de kast zet en je misschien, omdat het leven zo kort is, zult sterven voordat je dat boek weer opent en die bladzijden van het boek, die eenzame bladzijden, dichtgeslagen in dat boek in de kast, misschien nooit meer het licht zullen zien, hetgeen de reden was waarom ik de winkel moest verlaten, omdat de man van wie de winkel was me bevreemd aankeek, aangezien ik deed wat ik kennelijk in alle boekwinkels doe vanwege dat gekmakende gedicht: een boek van een plank pakken en het open laten waaieren zodat elke bladzijde wat licht opvangt, het daarna terugzetten, dan het boek ernaast pakken en hetzelfde doen, wat zeer tijdrovend is, ook al lijkt men er in tweedehandswinkels minder bezwaar tegen te hebben dan bij een Borders of een Waterstones enzovoort, waar men het gewoonlijk niet waardeert als je de ruggen van nieuwe boeken buigt of knakt.

Toen bleef ik staan om een grote platte steen te bekijken die ingemetseld was in het trottoir voor het stadhuis, de beroemde steen, de oudste belangrijkste steen in de stad, het oudste bewijs van zichzelf als stad dat de stad waarin ik ben opgegroeid bezat. Volgens de overlevering was het de steen waarop de wasvrouwen hun manden met kleren neerzetten op weg naar en van de rivier, of de steen die ze gebruikten om tijdens het wassen hun kleren op te schrobben, ik weet niet welke van de twee verhalen waar was of dat er een van de twee waar was.

In mijn zak ging mijn mobiel en omdat ik, zonder te kijken, wist dat het Pure was en omdat ik een ogenblik aan Midge dacht, besloot ik een brave meid te zijn, wat braaf ook inhoudt, en naar Pure te gaan, de heuvel op, langs het grote reclamebord, het bord dat door iemand behoorlijk toegetakeld was.

Matchmake.com. Krijg Wat Je Zoekt. In kleinere letters

onderaan: *Krijg Wat Je Zoekt In De Eerste Zes Weken of Word Zes Maanden Gratis Lid.*

Het was een enorme roze poster met kleine getekende figuurtjes in paren die voor kleine huisjes stonden, een beetje zoals de poppetjes van een weerhuisje. Ze hadden geen gezichten, ze hadden in plaats daarvan getekende blanco cirkels, maar ze droegen uniformen of kostuums en hielden dingen vast die duidelijk maakten wat ze waren. Een verpleegster (vrouwelijk) en een politieman (mannelijk). Dat was een paar. Een zeeman (mannelijk) en een paaldanseres (vrouwelijk). Een leraar (vrouwelijk) en een dokter (mannelijk). Een kaderlid (mannelijk) en een kunstzinnig uitziend persoon (vrouwelijk). Een vuilnisman (mannelijk) en een balletdanser (vrouwelijk). Een piraat (mannelijk) en een figuur die een baby vasthoudt (vrouwelijk). Een kok (vrouwelijk) en een vrachtwagenchauffeur (mannelijk). Het verschil tussen mannelijk en vrouwelijk was borsten en haar.

Onder de Krijg Wat Je Zoekt-regel had iemand met rode verf, in een mooi kalligrafisch handschrift geschreven: WEES NIET STOM, HET IS NIET VOOR GELD TE KOOP.

En daaronder, in een soort graffitohandtekening, het vreemde woord: IPHISOL.

Iphisol.

Je bent te laat, zei Becky van Receptie toen ik langsliep. Pas op. Ze zoeken je.

Ik bedankte haar. Ik trok mijn jas uit en hing hem op. Ik ging zitten. Ik zette mijn computer aan. Ik ging naar Google. Ik typte het vreemde woord in en klikte op Zoek: het net.

Goed zo, Anthea, dat je eindelijk zover bent, zei een van de kaalhoofden achter me.

Hoever? zei ik.

Zover om te werken, Anthea, zei hij. Hij boog zich over mijn schouder. Zijn adem rook naar koffie en bederf. Ik trok mijn hoofd terug. In zijn hand had hij zo'n speciaal vervaardigd plastic koffiebekertje met dekseltje. Erop stond Pure.

Ik bedoel het spottend, Anthea, zei hij.

Aha, zei ik. Ik wou dat ik nog wist hoe hij heette zodat ik steeds zijn naam kon zeggen zoals hij de mijne zei.

Ieder ander is in staat om hier gewoon om negen uur te zijn, zei hij. Zelfs de middelbareschoolmeisjes die hier stage lopen. Zij waren op tijd. Becky van Receptie. Zij was op tijd. En je zus wil ik hier helemaal niet ter vergelijking opnemen, Anthea.

Heel aardig van je, zei ik.

De kaalkop rilde lichtelijk voor het geval ik het brutaal bedoelde.

Ik vraag me alleen maar af wat de reden is dat jij niet in staat bent je te houden aan dezelfde regels waar alle anderen zich wel aan weten te houden. Heb je enig idee, Anthea?

Je zoekbewerking – iphisol – leverde geen enkel resultaat op. Suggesties: Wees er zeker van dat alle woorden juist zijn gespeld. Probeer andere sleutelwoorden. Probeer meer algemene sleutelwoorden.

Ik heb vrij hard aan het idee gewerkt, zei ik. Maar ik moest het buiten doen. Sorry. Het spijt me echt, eh... Brian.

Mm, Mm, zei hij. Nou, we hebben allemaal op je zitten wachten. Het hele Creatief-team heeft bijna de hele ochtend op je zitten wachten, ook Keith. Je weet onder wat voor druk Keith staat als het om tijd gaat.

Waarom hebben jullie gewacht? vroeg ik. Waarom zijn jullie niet gewoon begonnen? Het had mij niets kunnen schelen. Ik zou me niet beledigd hebben gevoeld.

Vergaderkamer twee, zei hij. Over vijf minuten. Ja, Anthea?

Ja, Brian, zei ik.

Hij heette inderdaad Brian. Dank jullie wel, goden. Of als hij niet zo heette, dan zei hij er niets van, of het kon hem geen moer schelen wat ik zei, of hij luisterde misschien helemaal niet naar wat ik zei.

Goed, dames en heren, zei Keith. (Keith klonk Amerikaans. Ik had nog geen kennisgemaakt met Keith. Keith was de baas der bazen.) Laten we beginnen. Licht, eh, eh, Imogen? Goed zo. Dank je wel.

Midge zei niets tegen me. Ze negeerde me toen ik de kamer binnenkwam.

Ik wil dat jullie deze dia's bekijken, zei Keith. En ik wil dat jullie ze in stilte bekijken.

We deden wat ons gezegd werd.

Het Eilean Donan-kasteel op een bewolkte dag. De wolken weerspiegeld in het water rondom het kasteel.

De oude brug bij Carrbridge op een besneeuwde dag. Op de brug een richel sneeuw. Het water eronder weerspiegelt het blauw van de lucht. Aan de randen ijs.

Een haaienrug die oprijst uit heel blauw water.

Een archeologische vindplaats waarachter zich blauw water uitstrekt.

Een meer in een groene boomloze vallei met een oorlogsmonument op de voorgrond.

Een eiland dat oprijst uit heel blauw water.

Een Hooglandse koe tegen een herfstige achtergrond, erachter een dunne streep licht op water.

De stad. De rivier, waarin ik net een steen had geworpen, loopt door het centrum. De lucht, de elegante bruggen, de rivierkaden, de gebouwen aan de kaden, hun glanzende alter ego's die op hun kop weerspiegeld staan.

Team, zei Keith in het donker. Allemaal bedankt dat jullie hier zijn. Water is historie. Water is mysterie. Water is natuur. Water is leven. Water is archeologie. Water is civilisatie. Water is waar we wonen. Water is hier en water is nu. Grijp de boodschap. Stop die in een fles. Water in een fles brengt in het Verenigd Koninkrijk alleen al twee miljard pond per jaar op. Water in een fles kost de gebruiker ruwweg tienduizend keer meer dan dezelfde hoeveelheid kraanwater hem kost. Water is wat onze verbeelding bezighoudt bij Pure. De Pure Verbeelding. Daar gaat het vandaag om. Dus nu komt mijn vraag. Hoe bottelen we de verbeelding?

Een van de kaalkoppen schoof heen en weer in zijn stoel alsof hij antwoord ging geven. Keith stak zijn hand op om hem tot stilte te manen.

Tien jaar geleden, zei Keith, waren er achtentwintig landen in de wereld met onvoldoende water. Over minder dan twintig jaar zal het aantal landen dat niet genoeg water heeft verdubbeld zijn. Over minder dan twintig jaar zullen meer dan achthonderd miljoen mensen – juist ja, achthonderd miljoen mensen, in heel veel opzichten mensen zoals, op hun manier, precies zoals jullie en ik – niet over genoeg water beschikken. Licht, alsjeblieft. Dank je wel.

Het beeld van onze stad op het scherm verbleekte. Keith zat op het bureau achter in de kamer met zijn benen gekruist als een boeddha. Hij keek op ons allemaal neer. Al werkte ik hier pas sinds een halve week, ik had al van alles gehoord over deze vergaderingen. Becky van Receptie had me erover verteld. De telefoons moesten worden uitgezet. Een van de middelbareschoolmeisjes had ze ter sprake gebracht, hoe raar het was als het Dinsdag Creatief College voorbij was en iedereen als gehypnotiseerd naar buiten kwam, of als gewond. Zo noemde ze het, het Dinsdag Creatief College. Keith, vertelde ze me, vloog speciaal voor deze vergaderingen over. Hij kwam elke maandag met het vliegtuig, en vertrok weer na elk Dinsdag Creatief College.

Plotseling voelde ik me misselijk. Ik was te laat gekomen voor het Dinsdag Creatief College. Misschien zou de baas der bazen door mijn toedoen te laat zijn voor zijn vertrekvlucht.

Daarom is Pure hier, zei Keith. Daarom breidt Pure zich uit naar de watermarkt, daarom investeert Pure zo ontzettend veel internationale financiële middelen en garanties in zo'n kleine plaats. Team, zoet water. Dat wordt schaars in de wereld. Veertig procent van alle zoetwaterrivieren en -stromen is nu te vervuild voor menselijke consumptie. Denk eens na over wat dat in werkelijkheid betekent.

Hij trok zichzelf overeind, rechtte zijn rug, zweeg plotseling. Iedereen in de kamer zat voorovergeleund, potloden en PalmPilots in de aanslag. Ik merkte dat ook ik vooroverleunde. Ik wist niet waarom. Even hield hij zijn handen omhoog in de lucht, alsof hij de tijd wilde tegenhouden. Toen praatte hij verder.

Het betekent dat water hét product bij uitstek is. Omdat water schaars wordt. Nooit, nooit meer zal er géén dringende behoefte aan water zijn. Dus hoe pakken we dat aan? Vraag één: hoe gaan we onze Hooglandse olie bottelen? Vraag twee: hoe zullen we het noemen? Vraag drie: welke vorm krijgen de flessen? Vraag vier: wat moet er op de etiketten op de flessen staan? En ten slotte vraag vijf: moet er iets op de doppen van de flessen staan? Antwoorden, team! Antwoorden.

Om me heen werden naarstig aantekeningen gemaakt, toetsen klikten zachtjes. Keith kwam van het bureau af. Hij liep achter in de kamer heen en weer.

Uit datgene waar jullie mee voor den dag komen, zei hij, moet blijken dat water van werkelijk belang is voor ons. Het moet ons duidelijk maken dat mensen niet door de natuur worden geregeerd, maar dat zij daarentegen natuur zíjn. Dat is het. Zij zíjn natuur. Het moet gaan om een manier van denken. De naam moet niet alleen maar de geest openstellen voor ons product, maar moet suggereren dat ons product het meest verlichte product op de markt is. Purely kan niet. In Alaska hebben ze Purely. Clearly kan niet. In Canada hebben ze Clearly. Highland kan niet. Onze grootste concurrenten hebben Highland. Maar onze naam moet ze alle drie in zich hebben. Kom op mensen. Laat eens een naam horen. Ik heb een naam nodig. Wij hebben een naam voor ons water nodig. Kom op. Ideeen. Laat me ze maar horen. Purely. Clearly. Highland. Natuur. Kracht. Ideeën. Nu. Concepten. Nu.

Bij elk woord dat hij zei, knipte Keith met zijn vingers.

Vloeibaarheid, riep een aardige kaalkop naast me uit. Recycling. Dat water slim is, dat water gracieus is, dat water ons wendbaar maakt, aangezien het van voorkomen en vorm kan veranderen –

Goed, zei Keith, goed, goed! Ga door –

– en dat we eigenlijk allemaal voor vijfenzeventig procent uit water bestaan. We moeten het idee geven: water ís wij. We moeten het idee geven dat water ons kan verenigen. Ongeacht onze politieke en nationale verschillen.

Dat is heel, heel goed, zei Keith. Prima, Paul. Ga zo door.

De hele kamer draaide zich om en keek scheel van jaloezie naar Paul.

Van het zuiverste water, zei degene die misschien Brian heette. Stille wateren hebben diepe gronden, zei een kaalkop genaamd Dominic vanaf de andere kant van de kamer. Algauw gonsde de kamer van de gemeenplaatsen uit het woordenboek. Het water staat je aan de lippen. Water zien branden. In het water vallen. Het hoofd boven water houden. Iets boven water halen.

Water heeft te maken met welzijn, zei Midge. Met weldadigheid.

Niemand hoorde haar.

Het heeft alles te maken met welzijn, zei een onbekende Creatief aan de andere kant van de kamer.

Dat bevalt me, zei Keith. Goed gezien, Norm.

Ik zag Midge haar ogen neerslaan, ontmoedigd, en op dat moment zag ik wat er nu anders aan mijn zus was. Dat zag ik aan de manier waarop ze haar hoofd draaide en haar te magere pols bewoog. Hoe was het mogelijk dat ik dat niet gezien had? Ze was veel te mager. Ze was echt mager.

En de verpakking benadrukt hoe gezond je van water wordt, hoe gezond het je houdt, zei Dominic.

Eventueel verkocht met aan gezondheid gerelateerde producten of in combinatie met gezonde middelen om een nieuw mens te worden of tot rust te komen, speciaal bestemd voor vrouwen streep gezinnen, zei Norm. Water is gezond voor de kinderen.

Goed gezien, Norm, zei Keith.

Ik had er genoeg van.

Je zou het Ook Goed kunnen noemen, zei ik.

Hoe noemen...? zei Keith.

Hij keek me aan.

De hele kamer draaide zich om en keek me aan.

Ik ben er geweest, dacht ik. Ook goed.

Je zou het Stortvloed kunnen noemen. Dat omvat zo'n beetje alles. Of misschien klinkt dat te veel als Strontvloed. Ik weet het. Je zou het Grote Stroom kunnen noemen. Op de dop zou kunnen staan: Voel Je Veilig Bij De Grote Stroom.

De hele kamer zweeg, en niet op de juiste manier.

Of je zou het Schotse Tap kunnen noemen, zei ik tegen de stilte. Dat zou goed en eerlijk zijn. Wat goed ook inhoudt.

Keith trok zijn wenkbrauwen op. Hij stak zijn kin naar voren.

Transparantie, zei Midge snel. Het is geen slechte strategie, Keith. Het zou een goede, echt goede strategie kunnen zijn, toch?

Een we-nemen-je-niet-te-grazen strategie, zei Paul instemmend. Het is inderdaad een manier van denken. En het combineert in één adem eerlijkheid met nationaliteit. Eerlijke Schotsheid. Onvervalste deugdelijkheid in een fles.

Het zegt duidelijk waar het op staat, zei Midge. Dat

kunnen ze in hun fles steken. Ik bedoel in hun zak.

Waar je voor staat maakt duidelijk wat er echt toe doet. Als we het idee geven dat ons gebottelde water duidelijk zegt waar het op staat, wordt het gebotteld idealisme, zei Paul.

Gebottelde identiteit, zei Midge.

Gebottelde politiek, zei Paul.

Ik liep naar het raam, waar de waterkoeler stond. Ik drukte op de knop en het water spetterde uit de grote plastic container in het kleine plastic bekertje. Het smaakte naar plastic. Ik ben er geweest, dacht ik. Zo is het. Het was een opluchting. Het enige wat me speet was dat Midge daardoor in de problemen kwam. Het was lief van haar geweest te proberen mij te redden.

Ik keek toe hoe een klein vogeltje zich vanaf de goot boven het raam van de vergaderkamer de lucht in wierp en op zijn pootjes neerkwam op een boomtak boven het enorme uithangbord van Pure bij het hek dat toegang gaf tot het gebouw. De nonchalante vaardigheid van de vogel monterde me op. Ik vroeg me af of de mensen daar buiten, die onder het uithangbord van Pure in een groepje bij elkaar stonden, hem hadden zien neerkomen.

Ze stonden daar alsof ze naar een toneelstuk keken. Sommigen lachten. Anderen gebaarden.

Het was een jonge knul, gekleed voor een bruiloft. Hij

stond op een ladder en voerde onderhoudswerkzaamheden uit aan het uithangbord. De stagiaires van de school keken naar hem. En ook Becky van Receptie, een aantal mensen die er als voorbijgangers uitzagen en een of twee mensen die ik herkende, mensen aan wie Midge me had voorgesteld, van Pure Pers en Pure Personeel.

De aardige kaalkop die Paul heette stond nu naast me bij de waterkoeler en knikte, verontschuldigend, naar me terwijl hij een plastic bekertje pakte en dat onder het plastic kraantje hield. Zijn blik was ernstig. Het was duidelijk dat ik bij het ochtendgloren gefusilleerd zou worden. Daarna keek hij uit het raam.

Er schijnt zich iets ongewoons bij het uithangbord van Pure af te spelen, zei hij.

Toen iedereen in de vergaderkamer bij het raam stond, glipte ik weg om mijn jas te halen. Ik zette mijn computer uit. Ik had nog niets in de laden van mijn bureau gelegd, dus hoefde ik bar weinig mee te nemen. Ik liep langs de lege receptie, waar alle lampjes op de telefoons als razende flikkerden, en rende de trap af de zon in.

Het was een prachtige dag.

De jongen op de ladder bij het hek droeg een kilt en beurs. De kilt was een helderrode tartan; de jongen droeg een zwart vest en manchetten met kant, ik kon het kant om zijn polsen zien toen ik naderbij kwam. Ik kon het mes in zijn sok zien glinsteren. Ik zag de kleine lovertjes op zijn vest glinsteren en de glinstering van het kettinkje waaraan de beurs hing. Hij had lang krullend haar, zoals Johnny Depp in *Pirates of the Caribbean*, maar netter. Met een spuitbus schreef hij in prachtig rode letters vlak onder het Pure-logo de volgende woorden: WEES NIET STOM. WATER IS EEN RECHT VAN DE MENS. ELKE MANIER VAN VERKOOP IS MOREEL VERKE

De stagiaires klapten en lachten. Een van hen zong. Al waait het hard. Al waait het zacht. Ik loop op straat in Schotse dracht. Alle meisjes zeggen mij gedag. Ze zagen me en zwaaiden naar me. Ik zwaaide terug. Een Persman belde met zijn mobiel. De overige mensen van Pers en Personeel stonden er in een kring omheen en keken bezorgd. Twee bewakingsmensen stonden lusteloos beneden aan de ladder. Een van hen wees naar het gebouw. Ik keek omhoog, naar de ramen, en ook het raam waardoorheen ik zelf zojuist nog had staan kijken, waren van het soort waardoor je niet naar binnen kunt kijken.

Ik vroeg me af of mijn zus me van bovenaf gadesloeg. Ik kreeg zin om te zwaaien.

ERD, schreef de jongen.

De bewakingsmensen keken elkaar hoofdschuddend aan.

Becky van Receptie gaf me een knipoog en knikte toen,

met een ernstig gezicht, naar de bewakingsmannen. We keken toe hoe de langbenige jongen, met een aantal zelfverzekerde en deskundige halen en krullen, het laatste woord onder aan zijn werkstuk zette: IPHISOL.

Hij schudde de verfspuit, luisterde naar het geratel dat dat voortbracht, vroeg zich af of hij hem zou houden of weg zou gooien, en stopte hem vervolgens in de zak van zijn vest. Hij pakte de ladder aan de zijkanten beet, tilde zijn voeten in één beweging van de sport op, zette ze tegen de buitenkant van de ladderbomen en liet zich behendig naar beneden glijden. Hij kwam op zijn voeten terecht en draaide zich om.

Mijn hoofd, binnenin gebeurde er iets. Het was alsof er een storm op zee plaatsvond, maar slechts heel even en alleen binnen in mijn hoofd. Mijn borstkas, daar gebeurde absoluut iets. Het was net alsof hij zich van zichzelf losmaakte, als de romp van een schip dat tegen een rots slaat, brak en of het schip dat ik was zich wijd binnen in me opende en de oceaan naar binnen stroomde.

Hij was de mooiste jongen die ik ooit had gezien.

Maar hij zag er echt uit als een meisje.

Zij was de mooiste jongen die ik ooit gezien had.

III

(O god, mijn zus is EEN POT.)

(Het kan me niets schelen. Het kan me niets schelen. Het kan me niets schelen. Het kan me niets schelen.)

Ik trek mijn Stella McCartney Adidas-trainingsbroek aan. Ik strik de veters van mijn Nike sportschoenen. Ik rits mijn Stella McCartney Adidas-trainingssweater dicht. Ik ga de voordeur uit alsof ik een (normaal) iemand ben die een (normale) voordeur uit stapt op een (normale) vroege zomerdag in de maand mei en ik ga rennen, wat een (normaal) iets is dat (normale) mensen altijd doen.

Ziezo. Ik ren. Dat voelt beter. Ik voel de weg onder mijn voeten. Ziezo. Ziezo. Ziezo.

(Het is de schuld van mijn moeder, omdat ze van mijn vader is gescheiden.)

(Maar als dat zo is, ben ik misschien ook een pot.)

(Nou, dat is duidelijk niet waar, dat is helemaal niet waar.)

(Ik ben absoluut, absoluut geen pot.)

(Ik val absoluut op mannen.)

(Maar zij ook. Vroeger wel. Ze had dat vriendje, Dave, met wie ze jarenlang verkering had. Ze had dat andere vriendje, Stuart. Ze had dat vriendje dat Andrew heette en dat maffe Engelse vriendje, Miles of Giles, die in Mull woonde, en die knul Sammy, en een die Tony heette, en Nicholas, want zij had altijd vriendjes, ze had vriendjes vanaf haar twaalfde, lang voordat ik vriendjes had.)

Ik steek over bij de stoplichten. Ik ga net zo ver rennen als ik kan. Ik ga langs de rivier rennen, door de Islands, tot aan de atletiekbanen, langs het kerkhof naar het kanaal

(zeg je het zo, een pot? Bestaat er een gepast woord voor?)

(Hoe weet je of je het bent?)

(Weet onze moeder dat Anthea er een is?)

(Weet onze vader het?)

(Het is volkomen normaal om een pot te zijn of een homoseksueel of wat dan ook. Vandaag de dag kan dat gewoon.)

(Homo's zijn precies eender als hetero's behalve dan dat ze homo zijn.)

(Ze hielden elkaars hand vast bij de voordeur.)

(Ik had het kunnen weten. Ze is altijd raar geweest. Ze is altijd anders geweest. Ze is altijd tegendraads geweest. Ze deed altijd datgene waarvan ze wist dat ze het niet moest doen.)

(Het is de schuld van de Spice Girls.)

(Ze koos de video van Spiceworld, met Sporty Spice op het blikje dat in een gelimiteerde oplage was geproduceerd.)

(Ze was altijd iets te feministisch.)

(Ze draaide altijd die George Michael-cd.)

(Ze stemt bij *Big Brother* altijd voor de meisjes en het jaar dat die transseksueel op tv was, stemde ze voor hem of haar, of hoe je dat dan ook hoort te zeggen.)

(Ze was dol op het Eurovisie Songfestival.)

(Ze is nog steeds dol op het Eurovisie Songfestival.)

(Ze was dol op *Buffy the Vampire Slayer*.)

(Maar ik ook. Ik was er ook dol op. En daarin speelden die meisjes die allebei vrouwelijke homoseksuelen waren en ze werden als heel aardig afgeschilderd en dat was best omdat het Willow was, en die was slim en wij wisten haar te waarderen en zo, en haar vriendin Tara was heel aardig, en ik herinner me nog een aflevering waarin ze elkaar zoenden en hun voeten van de grond kwamen en ze opstegen vanwege de zoen en ik weet nog dat we de volgende dag, toen we er op school over praatten, vieze geluiden moesten maken.)

Vier sms'jes op m'n mobiel. Dominic.

WAT DOE JE?

KMJ NRT KV?

KM NOU FF

TT STRX

(Ik haat sms-taal. Het is zo beneden je stand.)

(Ik sms hem wel na het joggen. Ik zal zeggen dat ik mijn

mobieltje thuis had laten liggen en zijn boodschap pas later heb gekregen.)

Ik weeg nog maar iets meer dan vierenveertig kilo.

Het gaat goed met me.

We zorgen voor een echte revolutie op de Schotse markt in flessenwater.

Eau Caledonia. Ze vinden het een prachtige naam. Ze hebben me opslag gegeven.

Ik verdien vijfendertigduizend bruto.

Ik kan niet geloven dat ik zoveel verdien. Ik!

Het is duidelijk dat ik goed bezig ben. Er valt grof geld te verdienen met water.

(Ze blijft hen maar kaalkoppen noemen of zoiets, en het is niet eerlijk van haar dat ze hen allemaal over één kam scheert. Het is nou eenmaal mode. Jongens zijn minder modebewust dan meisjes. Ik bedoel, mannen dan vrouwen. Het is verkeerd dat ze dat doet. Het is verkeerd.)

(ze hielden elkaars hand vast bij de voordeur, waar alle buren het konden zien, en toen zag ik hoe Robin Goodman voorzichtig mijn zus tegen de heg aan drukte, tegen de takken van de heg, dat deed ze heel voorzichtig, en)

(en haar zoende.)

(Ik had het kunnen weten omdat ze altijd al van liedjes hield met ik en jij in plaats van hij en ik, of hij en zij, dat wisten we, op de middelbare school zeiden we dat ze zich daardoor verraadden, als mensen meer van liedjes hielden met het woord jij in plaats van een man of een vrouw, zoals die gouwe ouwe van Tracy Chapman die mijn moeder achterliet en die ze altijd draaide voordat ze wegging.)

(Ik zal nooit mijn kinderen in de steek laten als ik verliefd ben geworden en getrouwd ben en kinderen heb. Ik krijg ze jong, niet als ik oud ben, zoals die generatie die alleen aan zichzelf denkt. Ik geef liever mijn carrière, wat die ook is, op dan dat ik geen kinderen krijg. Ik geef liever mezelf op. Ik geef nog liever alles op inclusief elk stom politiek beginsel, dan dat ik kinderen die van mij zijn in de steek laat. Je ziet wat daarvan komt. Godzijdank is die feministische tijd van aan jezelf denken voorbij en nu hebben we alles wat we ooit nodig hebben, tot en met waarden die van veel meer verantwoordelijkheidsgevoel getuigen.)

Het is een heerlijke dag om te gaan rennen. Het regent niet. Het ziet er zelfs niet naar uit dat het later gaat regenen.

(Mijn zus is een pot.)

(Het kan me niets schelen.) (Ik voel me prima.)

(Het zou prima zijn – ik bedoel, ik zou het niet zo erg vinden als het iemand anders dan mijn zus was.)

(Het is prima. Hele volksstammen zijn het. Alleen niemand die ik persoonlijk ken, dat is alles.)

Ik ren langs de rivier. Wat een geluk dat ik hier leef op dit tijdstip van de geschiedenis, in de hoofdstad van de Hooglanden, die buitengewoon vrolijk is op dit moment, momenteel de stad in het Verenigde Koninkrijk die zich het snelst ontwikkelt dankzij toerisme en mensen die hier na hun pensioen komen wonen, en binnenkort ook dankzij de groeiende watereconomie, waarvan ik een belangrijk onderdeel ben en die geschiedenis gaat schrijven.

Hier spreken we het zuiverste Engels van het hele land. Dat komt door de klinkerklanken en wat daarmee gebeurde toen degenen die Gaelisch spraken na de opstand van 1745 en de nederlaag van 1746 Engels moesten spreken, toen het Gaelisch onderdrukt werd en er de doodstraf op stond en toen trouwden alle meisjes van hier met de Engelssprekende soldaten die hiernaartoe kwamen.

Als ik nog precies de juiste woorden van alle liedjes op die afschuwelijke plaat van Tracy Chapman weet, waar ik jarenlang niet meer naar geluisterd heb, minstens tien jaar niet, zal ik nog minstens vijf kilometer kunnen rennen.

Het is goed om een doel te hebben. Daardoor vergeet je de rest.

Ik zou langs het kanaal kunnen lopen, voorbij de sluizen omhoog naar de weg naar Beauly en dan omkeren bij

(maar lieve god, mijn zus gaat al weken om met iemand die crimineel is en tegen wie het bedrijf waarbij ik werk een aanklacht indient, en dat niet alleen, maar iemand die ik bovendien nog van school ken en iemand, dat weet ik ook nog, die we op school altijd achter haar rug om een dat woord noemden en nou heeft die iemand mijn zus tot een van hen gemaakt, ik bedoel Een van Hen. En ik bedoel maar, hoe kwamen we erbij om op school Robin Goodman een dat woord te noemen? Puberaal instinct? Nou ja, ik wist niet waarom. Ik heb het echt nooit geweten. Ik dacht dat het was omdat ze een jongensnaam had in plaats van een meisjesnaam. Dat dacht ik altijd, of misschien omdat ze met de bus vanuit Beauly kwam met de leerlingen uit Beauly, ergens anders vandaan, en omdat ze een jongensnaam had, dat dacht ik. En omdat ze een beetje anders was, en zeiden ze ook niet dat haar moeder zwart was, Robin Goodman, en haar vader wit, of was het andersom, en was het trouwens wel waar? Ik kan me niet herinneren dat er zwarte mensen in Beauly woonden, dat hadden we zeker geweten, iedereen had dat geweten, dat er zwarten woonden.)

(Ik krijg het woord niet uit mijn strot.)

(Goeie god. Het is erger dan het woord kanker.)

(Mijn kleine zusje wordt een ontevreden ouwe hebzuchtige volkomen uitgedroogde abnormale vrouw, zoals Judi Dench in de film *Notes on a Scandal*.)

(Toen ik die film zag vond ik dat Judi Dench zo'n soort iemand heel goed speelde, maar toen wist ik nog niet dat mijn zusje misschien zo'n figuur zou worden en zo'n vreselijk leven zou krijgen zonder echte liefde.)

(Mijn kleine zusje staat een afschuwelijk treurig leven te wachten.)

(Maar ik heb gezien hoe Robin Goodman mijn zus heel voorzichtig tegen de heg drukte, je kunt niet anders zeggen, en haar zoende en toen zag ik hoe Robin Goodman – niet zo voorzichtig – haar ene been tussen de benen van mijn zus duwde terwijl ze haar zoende en ik zag hoe mijn zus – het kwam niet van een kant – Robin Goodman zoende en dat ze allebei lachten.)

(Ze lachten van uitzinnig geluk.)

(De buren hebben het vast gezien. Het was klaarlichte dag.)

(Misschien zal ik moeten verhuizen.)

(Nou, maakt niet uit. Maakt niet uit. Als ik moet verhuizen, heb ik er genoeg geld voor.)

Vijfendertigduizend, heel goed betaald voor mijn leeftijd, en dat terwijl ik een meisje ben, zegt onze vader, hetgeen best seksistisch van hem is, omdat sekse er niets mee te maken heeft of je goed bent in je werk of niet. Het heeft er niets mee te maken of ik een vrouw ben of niet, het feit dat ik van ons tienen de enige vrouw ben in het Highland

Pure Creatief team – het is omdat ik goed ben in wat ik doe.

Ik denk eigenlijk dat Keith me misschien vraagt naar de Verenigde Staten te gaan, mogelijk voor een stage bij de Creatieven die op het hoofdkantoor werken. Ik geloof dat het hoofdkantoor in LA is gevestigd!

Hij lijkt erg tevreden te zijn over Eau Caledonia als merknaam.

Volgens hem zal het niet alleen de Engelstalige markt veroveren maar ook een behoorlijk gedeelte van de Franse markt en dat is heel belangrijk, omdat de Franse water-markt wereldwijd gevestigd is. Schots en toch Frans. Heel goed, zei hij. Ze zullen blij zijn met je op het hoofdkan-toor. En jij vindt het daar vast leuk.

Ik! Los Angeles!

Hij lijkt erop te zinspelen. Hij zinspeelde er afgelopen donderdag op. Hij zei dat ik het daar leuk zou vinden, dat zei hij vorige week, dat ik het leuk zou vinden, dat zij blij met me zouden zijn.

Ik vertelde Anthea dat hij erop gezinspeeld had. Ze zei: heeft Keith je zinnen bespeeld? Zoals in ER?

Ik zei: doe niet zo bespottelijk, Anthea.

(In ER is ook die lesbische vrouwelijke arts, wier min-naressen altijd bij branden en zo omkomen.)

(Homoseksuelen gaan altijd maar dood.)

Anthea doet bespottelijk. Ik had een goeie baan voor haar gevonden en nu zit ze thuis niets te doen. Ze is echt slim. Ze verdoet haar tijd.

(Ik zat thuis na te denken over een naam, ik bedacht McAqua, maar dan zou McDonald's ons aanklagen, ik bedacht Scotteau, zei het woord Eau hardop en terwijl ik het zei liep Anthea langs de tafel en zij voegde er Caledonia aan toe, we vormen zo'n goed team, we zouden zo'n goed team vormen, we vormden zo'n goed team, mijn god, mijn zus is een)

Nou, ik heb hartstikke geluk dat Keith überhaupt ergens op zinspeelt na wat Pure, om mij ter wille te zijn, gedaan heeft voor Anthea. Ze is zo naïef, ze heeft er geen idee van wat een ongebruikelijk goed aanvangssalaris ze kreeg, ik heb echt geluk dat niemand mij die dag in verband heeft gebracht met haar onbeschofte gedrag en dat gedoe met het uithangbord van Pure

(en het is duidelijk dat ze elkaar daar ontmoet hebben. Misschien heb ik wel het o zo romantische moment van hun ontmoeting gezien, vorige maand, ik keek uit het raam en die geschifte vandaal kwam de ladder af en zij en Anthea praatten met elkaar, voordat de bewaking haar meenam om op de politie te wachten. Ik zag de naam op de formulieren die ze van de bewaking moest invullen. Ik herkende hem. Ik kende hem, van toen we nog kinderen waren. Het is een kleine stad. Wat kun je anders, in een kleine stad?)

(Tenzij ze al voor die tijd onder één hoedje speelden en ze dit als een dubbele aanval op Pure hadden gepland, wat mogelijk is – ik bedoel, alles is tegenwoordig mogelijk.)

(Alles is veranderd.)

(Niets is nog hetzelfde.)

Ik sta stil. Ik ren niet. Ik sta gewoon.

(Ik wil nergens heen rennen. Ik kan niets bedenken om naartoe te rennen.)

(Ik kan beter doen alsof ik een reden heb om gewoon te blijven staan. Ik zal bij de voetgangersoversteekplaats gaan staan.)

Het woord 'gezinspeeld' heeft misschien iets te maken met zinnen en bespelen, uiteindelijk zitten die woorden er ongeveer in.

Ik sta bij de voetgangersoversteekplaats als een (gewoon) mens dat wacht om de weg over te steken. Er rijdt een bus voorbij. Hij zit vol met (gewoon uitziende) mensen.

(Mijn zus is nu een van de redenen dat de eigenaar van Stagecoach-bussen een postercampagne van een miljoen pond in heel Schotland heeft gevoerd met afbeeldingen van mensen die dingen zeiden als: 'Ik ben niet bekrompen, maar ik wil niet dat mijn kinderen op school leren homoseksueel te zijn' – dat soort dingen.)

(Ze lachten. Alsof ze echt gelukkig waren. Of alsof homoseksueel zijn prima is, of echt grappig, of echt heel plezierig, of zoiets.)

Om mijn vaart niet te verliezen maak ik looppas op de plaats.

(Het is dat been dat zich tussen die andere benen wringt dat ik niet uit mijn hoofd kan zetten. Het is echt iets wat je niet kunt vergeten.)

(Het is zo...

zinnelijk.)

Ik staak mijn looppas op de plaats. Ik sta op de voetgangersoversteekplaats en kijk naar de ene kant, dan naar de andere. Er komt niets aan. De weg is helemaal leeg.

Maar ik blijf gewoon staan.

(Ik weet niet wat me bezielt. Ik kan mezelf er niet toe zetten van de ene kant naar de andere over te steken.)

(Als mijn zus een boek was zou ze op scholen verboden worden.)

(Nee, want de regering heeft dat wetsartikel toch geschrapt?)

(Of toch niet?)

(Ik weet het niet meer. Ik weet het helemaal niet meer. Ik had nooit gedacht dat dat speciale wetsartikel iets was dat ik me zou moeten herinneren, of waarover ik zou moeten nadenken.)

(Is dat ooit voor mij een punt van discussie of overweging geweest? Had het dat moeten zijn?)

(Ja, toch. Ik heb er wel over gedacht. Ik herinner me in de krant gelezen te hebben dat mensen over de hele wereld, en niet alleen mensen, maar ook regeringen, in Polen en in Rusland, maar ook in Spanje en Italië, steeds harder optreden tegen mensen die het zijn. Ik bedoel, dat zou je in Rusland en in Polen verwachten. Maar in Italië? In Spanje? Dat zijn landen waarvan je zou denken dat het er net zo is als hier.)

(Vanochtend stond er in de krant dat tieners die het zijn zesmaal meer risico lopen zelfmoord te plegen dan tieners die het niet zijn.)

(Ik weet niet wat ik met mezelf aan moet.)

Ik sta op de kruising en van geen van beide kanten komen er auto's en ik maak nog steeds geen aanstalten om de weg over te steken. Ik voel me een beetje duizelig. Ik voel me een beetje slap.

(Iedereen die naar me kijkt zal denken dat ik echt getikt ben.)

Alleen Dominic en Norman zijn in het café.

Waar zat je, onnutte sloerie? zegt Norman.

Doe even normaal, zeg ik.

Kun je niet tegen een grapje? zegt hij. Relax. Ha ha!

Hij loopt naar de bar en komt terug met een glas wijn voor me.

Norm, ik had een cola light gezegd, zeg ik.

Maar nu heb ik dit besteld, zegt Norman.

Dat zie ik, zeg ik.

Wil je dat ik het ga ruilen? zegt Norman.

Nee, laat maar, nu het er eenmaal is drink ik het wel op, zeg ik.

Ik heb je ge-sms't, Madge, zegt Dominic.

(Ik heet Imogen.)

O ja? zeg ik.

Ik heb je vier sms'jes gestuurd, zegt Dominic.

O. Maar ik heb mijn mobieltje thuis laten liggen, zeg ik.

Ik kan niet geloven dat je je mobiel niet meeneemt als ik je gezegd heb dat ik je zou sms'en, zegt Dominic.

Hij kijkt echt beledigd.

Zijn Paul en de anderen er niet? zeg ik. Ik dacht dat iedereen zou komen.

Alleen wij, zegt Norman. Je boft vanavond. Bri komt later. Hij neemt Chantelle mee.

Ik zou Chantelle elke dag meenemen, zegt Dominic.

Ik zou heel wat meer doen met Chantelle dan haar alleen maar meenemen, zegt Norman. Paul is homo, man. Op maandagavond gaat hij niet uit omdat *Herexamen* dan op tv is.

Paul is geen homo, zeg ik zachtjes.

Paul hoopt dat er vanavond vragen zijn over Uranus, zegt Dominic.

Paul is geen homo, herhaal ik luider.

Spreek je soms uit ervaring? zegt Norman.

Flitsende conversatie, zeg ik.

Ik trek een verveeld gezicht. Ik hoop dat het werkt.

Dominic zegt niets. Hij staart me alleen maar aan. De manier waarop hij naar me kijkt maakt dat ik de andere kant uit kijk. Ik doe alsof ik naar de wc ga. Ik glip naar de andere bar en bel Paul.

Kom naar het café, zeg ik. Ik probeer opgewekt te klinken.

Wie zijn er? vraagt Paul.

Een heel stel, hoor, zeg ik.

Dom en Norm? zegt Paul. Ik vraag het alleen maar omdat ze mijn antwoordapparaat vol hebben gescholden.

Eh, eh. En ik, zeg ik. Ik ben er.

Sorry, Imogen, maar ik kom niet, zegt Paul. Het zijn hufters. Ze vinden zichzelf zo vreselijk leuk, ze doen alsof ze optreden in een of andere schunnige act voor twee mensen op de tv. Ik snap niet wat jij bij hen te zoeken hebt.

Toe nou, Paul, alsjeblieft, zeg ik. Het wordt hartstikke leuk.

Ja, maar de wereld valt nu uiteen in mensen die het

hartstikke leuk vinden om online naar plaatjes te kijken van vrouwen die het met paarden en honden doen en mensen die dat niet leuk vinden, zegt Paul. Bel me maar als je vindt dat ik je moet komen halen.

Paul is erg gespannen, denk ik terwijl ik op de toets druk om het gesprek te beëindigen.

Ik snap niet waarom hij niet kan doen alsof hij het leuk vindt zoals de rest van ons moet doen.

(Misschien is hij inderdaad homo.)

En die andere stagiaire dan? zegt Norman wanneer ik weer terugkom. Degene die niet Chantelle is. Zullen we die eens stage laten lopen?

Ik heb andere dingen aan mijn hoofd, zegt Dominic terwijl hij mij aankijkt.

Ik richt mijn blik boven zijn ogen, op zijn voorhoofd. Ik kan er niets aan doen dat ik opmerk dat Dominic en Norman precies dezelfde haardracht hebben. Norman loopt naar de bar en komt terug met een volle fles wijn. Hij en Dominic drinken Grolsch.

Dat krijg ik niet allemaal op, zeg ik. Ik drink maar een of twee glazen, ik moet terug.

Ja, dat krijg je wel, zegt Norman. Hij schenkt het glas vol voorbij het streepje, helemaal tot aan de rand, zodat het bijna overloopt, zodat ik om eruit te kunnen drinken voorover moet buigen en mijn mond eraan moet zetten of het met bovenmenselijke voorzichtigheid moet oppakken om niet te morsen.

We gaan zo meteen Indiaas eten, zegt Dominic. En jij komt mee. Dus drink een beetje door.

Ik kan niet, zeg ik. Het is maandag. Morgen moet ik werken.

Jawel, je kunt wel, zegt Norman. Wij werken ook, weet je wel.

Ik drink vier tot aan de rand gevulde glazen. Ze brullen van het lachen als ik vooroverbuig om te drinken. Uiteindelijk doe ik het daarom, om hen aan het lachen te maken.

In het restaurant, waar alles te sterk ruikt en waar de muren van de plinten lijken terug te wijken, praten ze over hun werk alsof ik er niet ben. Ze maken grapjes over moslimpiloten. Ze vertellen een lange, ingewikkelde mop over een blinde joodse man en een prostituee. Dan sms't Brian naar Dominic dat hij niet kan komen. Dat is aanleiding tot een schreeuwende telefonische dialoog over Chantelle, over Chantelles greggy vriendin en of Chantelles greggy vriendin er nu met Chantelle is, zodat Brian kan 'toekijken'. Ondertussen zit ik in het tollende restaurant en vraag me af wat greggy betekent. Het is duidelijk dat zij het woord zelf hebben verzonnen. Ze moeten er echt om lachen. Ze moeten er zo hard om lachen dat de mensen om

ons heen beledigd kijken evenals de Indiërs die ons bedie-
nen. Ik kan het niet helpen dat ik ook moet lachen.

Het woord lijkt grofweg te betekenen dat zij vinden
dat de andere stagiaire zich niet genoeg opmaakt voor
haar werk, ook al is ze zestien en zou ze inmiddels moeten
weten hoe ze zich moet opmaken, zoals Norman zegt. Dat
ze de verkeerde kleren draagt. Dat ze een beetje tegen-
valt.

Dat ze een beetje greg is, je weet wel, zegt Dominic.

Ik begin het geloof ik te begrijpen, zeg ik.

Ik bedoel, neem jou nou. Jij sport en zo. Je hebt een top-
baan en zo. Maar daarom ben je nog geen greg. Die motor
van jou. Die past bij jou, zegt Norman.

Dus dat ik niet voor aap zit op een motor betekent dat
ik geen greg ben? zeg ik.

Ze barsten allebei in lachen uit.

Ik zou haar weleens willen zien greggen, zegt Norman
terwijl hij mij aankijkt. Met jou en dat knappe zusje van
je.

Ze bulderen van het lachen. Hun gelach geeft me het
gevoel alsof mijn schedel door iemand met schuurpapier
wordt bewerkt. Ik kijk weg van de mensen die allemaal
naar ons kijken. Ik kijk omlaag naar het tafellaken.

Ai. Ze vindt het niet leuk dat ze de politiek correcte
termen voor bepaalde zaken niet kent, zegt Dominic.

Greggy greggy greggy. Gebruik je hersens, zegt Norman. Toe nou. Gebruik je fantasie.

Drekkig? zeg ik. Heeft het met drek te maken?

Warm, warm, zegt Norman.

Kom op, help haar een beetje op weg, zegt Dominic.

Goed dan. Hier kom je een heel eind mee. Denk aan de man van de BBC, zegt Norman.

Welke man? zeg ik.

De man die ontslagen werd vanwege Irak, de man die de baas was van de BBC, totdat hij mensen liet zeggen wat ze niet, hardop, bij het nieuws hadden mogen zeggen, zegt Norman.

Hmm, zeg ik.

Loop je achter? Greg Dyke. Weet je het weer? zegt Dominic.

Bedoelen jullie dat de stagiaire iets te maken heeft met Greg Dyke? zeg ik.

Ze lachen allebei.

Bedoelen jullie dat ze hardop dingen zegt die ze niet hoort te zeggen? zeg ik.

Ze is, eh... een lollepot, zegt Norman.

Een wat? zeg ik.

Een likkepot, zegt Norman. Nou ja, zo ziet ze eruit.

Net als die troela die toen het uithangbord van Pure bekladderde, zegt Dominic. Een stomme *dyke*.

(Ik krijg kippenvel over mijn hele lichaam.)

Er is een rechtszaak die me niet snel genoeg kan dienen. Ik hoop dat we er allemaal heen kunnen, zegt Norman.

Dat gaat ook lukken, zegt Dominic. Om het echt tot een zitting te laten komen, zullen ze mensen nodig hebben.

Dat zei ik ook al tegen Brian, zegt Norman. Bereid je erop voor mee te doen, nu, nu het het juiste moment is.

Weten jullie, zei ik, dat er vanochtend in de krant stond dat homoseksuele tieners zes maal meer risico lopen zelfmoord te plegen dan tieners die niet homo zijn.

Prima. Ha ha! zegt Norman.

Dominics gezicht betrekt. Menselijk ras, houdt zichzelf onder controle, zegt hij.

Opnieuw praten ze alsof ik er niet bij ben, net zoals toen ze het over het werk hadden.

Kijk, dat snap ik nou niet, zegt Dominic hoofdschuddend, ernstig. Omdat het gewoon onmogelijk is, ik bedoel, zonder. Dus is het, eh, zo zinloos.

Freud heeft het gedefinieerd, zegt Norman (Norman heeft psychologie gedaan aan Stirling), als een toestand van gemis. Een toestand waarin iets heel fundamenteels ontbreekt.

Dominic knikt, ernstig kijkend.

Precies, zegt hij. Zo is het.

Puberale ontwikkelingsachterstand. Een uitgesproken vorm van onvolwassenheid, zegt Norman.

Ja, en een behoorlijk ernstige vorm van onvolwassenheid, zegt Dominic. Ik bedoel, om over de rest maar te zwijgen. Om maar niet te zeggen hoe belachelijk het is. Wat ik bijvoorbeeld zo idioot vind is dat ze niets hebben waarmee ze het kunnen doen. Niets om een nummertje mee te maken. En daarom verbood koningin Victoria beffen niet bij de wet.

Hoezo dat? zegt Norman.

Het was op Channel Four. Kennelijk was iets dergelijks volgens haar onbekend, bestond het niet. En ze had gelijk. Ik bedoel maar, als mannen het doen, nichten, seksueel gesproken, bedoel ik, dan is dat godvergeten smerig en er komt alleen maar flikkerpedofilie van en dat soort dingen, maar ze hebben wel echte seks, toch? Maar vrouwen – tja, wat moeten die nou? Ik kan er niet bij. Het is belachelijk, zegt Dominic.

Jawel, maar het is wel lekker, zegt Norman, als je toekijkt en ze allebei neukbaar zijn.

Oké, maar je moet toegeven dat de echte meestal echt niet neukbaar zijn, zegt Dominic.

(Lieve god, mijn bloedeigen zus is een greg, een gemis, niet neukbaar, niet volwassen en zelfs niet de moeite waard om bij de wet verboden te worden.)

(Er zijn zoveel woorden die ik niet ken voor wat mijn zus is.)

Dominic en Norman bulderen weer van het lachen. Ze hebben hun armen om elkaar heen geslagen.

Ik moet nu gaan, zeg ik.

Nee, zeggen ze in koor, en ze vullen mijn glas met Cobra.

Jawel, zeg ik, jawel.

Ik schud ze van me af bij de parkeergarage. Ik duik weg achter een auto, zodat ze niet weten waar ik ben. Daar wacht ik totdat de benen die ik heen en weer zie lopen zijn verdwenen. Ik hoor hen naar boven gaan en kijk toe hoe zij bij de automaat bij de uitgang klunzen totdat degene die rijdt eindelijk het kaartje heeft gevonden, erachter probeert te komen wat de juiste manier is om dat in de automaat te stoppen en hun auto onder de slagboom die omhoog is gegaan door rijdt.

Op weg naar huis geef ik over onder een boom langs de kant van de weg. Ik kijk omhoog. De boom waaronder ik zojuist heb overgegeven staat volop in witte bloesem.

(Puberale ontwikkelingsachterstand.)

(Ik ben veertien. Denise MacCall en ik zitten in het aardrijkskundelokaal. Het is pauze. Op de een of andere manier is het ons gelukt binnen te blijven; misschien heeft

Denise gezegd dat ze zich niet lekker voelde of misschien ik; dat was de manier om tijdens de pauze binnen te kunnen blijven. Als het regende of als het koud was zeiden we vaak dat we ons niet lekker voelden.

Op de tafel ligt een stapel met huiswerkschriften. Denise neemt de stapel door en leest de namen op. Bij elke naam zeggen we hardop of we die persoon wel of niet mogen, zoals het spel dat Anthea en ik thuis spelen bij het aftellen van de hitparade bij de top twintig. Hoera voor iemand die we mogen. Boe voor iemand die we niet mogen.

Denise vindt het huiswerkschrift van Robin Goodman.

Om de een of andere reden heeft Denise een bloedhekel aan Robin Goodman uit Beauly, met haar dikke korte krullende haar boven op haar hoofd, haar donkere huid, haar lange vingers waarover de muziekleraar altijd uitweidt als ze klarinet speelt, haar ernstige, ijverige, veel-te-intelligente gezicht. Ik heb ook een hekel aan haar, ook al ken ik haar nauwelijks. Bij twee of drie vakken zitten we bij elkaar in de klas, dat is alles wat ik van haar weet, behalve dat ze klarinet speelt. Maar het geeft me een goed gevoel op dit moment een hekel aan haar te hebben, want dat bewijst dat ik de vriendin van Denise ben. Ook al weet ik niet zeker of ik nou zo erg gesteld ben op Denise, of dat Denise niet boe zou roepen als ze een huiswerkschrift met mijn naam erop te pakken zou krijgen en ik niet samen met haar in het klaslokaal zat.

Denise en ik schrijven de letters P, O en T op de kaft van Robin Goodmans schrift, met de zwarte Pentel die in mijn etui zit. Of beter gezegd: ik schrijf de letters en zij tekent de pijl die naar ze wijst.

Dan schuiven we het schrift terug tussen de andere schriften.

Als de les begint en Hoornigaard, zoals we juffrouw Horne noemen, de schriften uitdeelt, kijken we hoe Robin Goodman reageert. Ik zit een paar rijen achter haar. Ik zie haar schouders verstijven, dan laat ze ze zakken.

Als ik aan het eind van de les langs haar heen loop en een blik werp op het schrift op haar tafel, zie ik dat ze van Denises pijl een boomstam heeft gemaakt en een heleboel bloemetjes heeft getekend rondom de letters P, O en T, alsof de letters de takken van de boom zijn en net allemaal zijn uitgelopen.

Diezelfde Robin Goodman zit, tien jaar later, met haar lange donkere haar, en haar donkere, serieuze, intelligente gezicht

(goeie god)

hier in mijn huis als ik thuiskom. Ze zit op de bank met een kopje thee voor haar. Ze zit een boek te lezen. Ik ben te dronken en zie te wazig om de omslag van het boek dat ze zit te lezen goed te kunnen onderscheiden. Ik sta in de deuropening en houd me vast aan de deurpost.

Hoi, zegt ze.

(Gocie god en ook mijn zus is een)

Wat heb je met m'n zus gedaan? zeg ik.

Je zus neemt een bad, zegt zij.

Ik ga zitten. Ik leg mijn hoofd achterover. Ik ben misselijk.

(Ik zit in dezelfde kamer als een)

Robin Goodman gaat de kamer uit. Als ze terugkomt stopt ze iets in mijn hand. Het is een glas. Het is een van mijn glazen uit de kast.

Drink op, zegt ze, dan haal ik er nog een.

Je bent niet erg veranderd sinds school, zeg ik. Je ziet er nog precies hetzelfde uit.

Jij ook, zegt ze. Maar godzijdank zijn sommige dingen wel veranderd. We zijn geen schoolmeisjes meer.

Behalve. Je haar. Is langer, zeg ik.

Nou ja, tien jaar, zegt ze. Er moet wel iets gebeuren.

Ik ben gaan studeren, zeg ik. En jij?

Als je bedoelt of ik ben gaan studeren, ja, inderdaad, zegt ze.

En je bent teruggekomen, zeg ik.

Net als jij, zegt ze.

Speel je nog steeds klarinet? zeg ik.

Nee, zegt ze.

Stilte. Ik kijk omlaag. In mijn hand heb ik een glas.

Drink op, zegt ze.

Ik drink het op. Het smaakt heerlijk, naar zuiverheid.

Daar knap je van op, zegt ze.

Ze pakt het lege glas en gaat de kamer uit. Ik hoor haar in mijn keuken. Ik bekijk mezelf en ben verbaasd te ontdekken dat ik nog steeds hetzelfde trainingspak draag dat ik na het werk heb aangetrokken. Ik weet niet helemaal zeker waar ik zojuist geweest ben. Ik begin me af te vragen of ik de hele avond verzonnen heb, of ik het café, het Indiase restaurant, alles verzonnen heb.

Dat is mijn keuken, waar je daarnet was, zeg ik als ze weer terugkomt.

Weet ik, zegt ze, en ze gaat in mijn woonkamer zitten.

Dit is mijn woonkamer, zeg ik.

Ja, zegt ze.

(Ik zit in dezelfde kamer als een)

Ze is het soort vrouw dat er niet echt om geeft wat ze draagt of hoe ze eruitziet. Ze draagt tenminste gewone kleren. Ze draagt tenminste niet zo'n gênante Schotse dracht.

Draag je vanavond geen kilt? zeg ik.

Alleen bij speciale gelegenheden, zegt ze.

Het bedrijf waarvoor ik werk, je weet wel, Pure NV, daagt je voor het gerecht, zeg ik.

Ze zullen de aanklacht intrekken, zegt ze.

Ze kijkt niet eens op van haar boek. Ik moet naar mijn hand kijken omdat ik er water op heb gemorst. Ik houd het glas omhoog en kijk erdoorheen. Ik kijk naar de kamer door het gedeelte met water. Daarna kijk ik naar dezelfde kamer door het gedeelte zonder water. Daarna drink ik het water op.

Eau Caledonia, zeg ik.

Nog een glas? zegt ze.

(Ik zit in dezelfde kamer als een)

Een Miss en een gemis, zeg ik.

Ik moet lachen om de woordspeling. Niets voor mij om grappig te zijn. Mijn zus is degene die grappig is. Ik ben degene die de juiste woorden, de passende woorden weet.

Ik buig me voorover.

Zeg wat het is, zeg ik.

Het is water, zegt Robin Goodman.

Nee, zeg ik. Ik bedoel, wat is het correcte woord, ik bedoel, voor jou? Ik moet het weten. Ik moet het juiste woord weten.

Ze kijkt me een lange tijd aan. Ik voel dat ze dwars door mijn dronkenschap heen kijkt. Dan, als ze praat, is het alsof ze met haar hele gezicht praat.

Het juiste woord voor mij, zegt Robin Goodman, is ik.

WIJ

Vanwege ons kwam alles in orde. Alles was mogelijk.

Vóór ons had ik niet geweten dat elke ader in mijn lichaam in staat was licht te dragen, zoals, vanuit een trein gezien, een rivier lijkt op een geul van licht die zich in het landschap grift. Ik had echt nooit geweten dat ik zoveel meer dan mezelf kon zijn. Ik had niet geweten dat een ander lichaam dat met mijn lichaam kon doen.

Nu ben ik een wandelende lont geworden, zoals in dat gedicht over de bloem, en de kracht, en de groene lont die de kracht erdoorheen stuwt; de kracht die de wortels van de boom doet zwellen deed mijn wortels zwellen, ik behoorde tot het soort dat zich niet eens realiseerde dat het zich in een semi-woestijn bevond totdat de hoofdwortel op water stuitte. Ik had nu een heel andere vorm gekregen. Nee, ik had de vorm aangenomen waarvoor ik altijd bestemd was geweest, de vorm waarbij ik mijn hoofd hoog houd. Ik, Anthea Gunn, met het hoofd naar de zon gericht.

Je naam, had Robin gezegd, tijdens onze eerste onderwateravond diep in elkaars armen. Die betekent bloemen, wist je dat?

Nee, niet waar, had ik gezegd. Gunn betekent oorlog.

Het motto van de clan is Of Vrede of Oorlog. Toen ik klein was hebben Midge en ik op school een werkstuk over clans gemaakt.

Nee, ik bedoel je voornaam, zei ze.

Ik ben naar iemand op de tv genoemd, zei ik.

Het betekent bloemen, of uitkomende bloemen, ontluikende bloemen, zei ze. Ik heb het opgezocht.

Ze lag achter me in bed. Ze praatte tegen mijn schouder.

Jij, zei ze. Jij bent een wandelend vredesprotest. Je bent de bloem in de Gunn.

En jij dan? zei ik. Ik heb geprobeerd jou op te zoeken. Dat had ik al gedaan voordat we elkaar ontmoet hadden. Wat betekent die rare naam?

Welke rare naam? zei ze.

Hij staat niet in het woordenboek, zei ik. Ik heb je gegoogled. Hij betekent niets.

Alles heeft een betekenis, zei ze.

Iphisol, zei ik.

Ip his ol? zei ze. Ip his ol. Ken ik niet. Geen idee. Klinkt als aerosol. Of Inspirol.

Ze hield me losjes vast, haar armen om me heen en een been over mijn benen hielden me warm, ik voelde haar gladde frisse huid vanaf mijn schouders tot aan mijn kuiten. Toen begon het bed te schudden; ze lachte.

Niet Ip his ol. Ie fis ol, Iphis wordt uitgesproken als Ie-fis. En het is niet ol, het is 07. Dus de naam, Iphis, maar met het jaar 07, de nul en de zeven van tweeduizendze-ven.

O. Iphis-nul-zeven. O, zei ik.

Nu lachte ik ook. Ik draaide me om in haar armen en legde mijn hoofd op haar lachende sleutelbeen.

Net als dubbel-nul-zeven, Daniel Craig in *Casino Royal*, die uit het water oprijst als die godin op een schaal, zei ik. Kijk eens aan.

Ursula Andress was de eerste, zei ze, na Venus, bedoel ik. Eigenlijk leken Daniel Craig en Ursula Andress opmer-kelijk veel op elkaar, als je ze met elkaar vergelijkt. Nee, want vorig jaar gebruikte ik Iphis06. Het jaar ervoor was ik Iphis05. God mag weten hoe dat volgens jou uit hun monden geklonken moet hebben. Ip-his-og. Ip-his-os..

Het was opwindend, eerst niet weten wat Robin was, en er daarna achter komen. De uitdrukking schemerge-bied, had ik ontdekt, was verkeerd: in werkelijkheid was het schemergebied een voor het oog onbekend en volsla-gen ander spectrum van kleuren. Ze had de zwierige loop van een meisje. Ze bloosde als een jongen. Ze had de taai-heid van een meisje. Ze had de beminnelijkheid van een jongen. Ze was stevig als een meisje. Ze was gracieus als een jongen. Ze was dapper en knap en ruw als een meisje.

Ze was mooi en fijntjes en schattig als een jongen. Ze liet jongenshoofden omdraaien als een meisje. Ze liet meisjeshoofden omdraaien als een jongen. Ze vree als een jongen. Ze vree als een meisje. Ze was zo jongensachtig dat het meisjesachtig was, zo meisjesachtig dat het jongensachtig was, door haar kreeg ik zin om de wereld rond te trekken en op elke boom onze naam te schrijven. Ik had gewoon nog nooit iemand ontmoet die het hart zo op de juiste plaats droeg. Soms was ik zo diep onder de indruk dat ik niet kon praten. Soms moest ik wegkijken als ik naar haar keek. In mijn ogen was ze al als geen ander. Nu al was ik bang dat ze weg zou gaan. Ik was gewend dat mensen werden weggekaapt. Ik was gewend aan veranderingen die uit de lucht kwamen vallen. Uit de oude lucht. De lucht die bij het oude spectrum hoorde.

Mijn grootvader zei dat altijd, kijk eens aan, zei ik tegen haar. Ze zijn dood, mijn grootouders. Ze zijn verdronken. Dit was vroeger hun huis.

Vertel eens, zei ze.

Eerst moet jij vertellen, zei ik. Kom op. Je levensverhaal.

Later, zei ze. Eerst jij.

Als mijn leven een verhaal was, zei ik, zou het zo beginnen: voordat ze vertrok, gaf mijn moeder me een kompas. Maar toen ik het probeerde te gebruiken, toen ik echt heel ver weg was, verdwaald op zee, toen werkte het niet. Dus probeerde ik het andere kompas, dat ik van mijn vader had gekregen voordat hij vertrok. Maar ook dat kompas was stuk.

Dus keek je uit over de diepe zeeën, zei Robin. En zo bepaalde je op eigen houtje en met behulp van een heldere nacht en enkele sterren waar het noorden lag en waar het zuiden en waar het oosten en waar het westen. Ja?

Ja, zei ik.

Daarna zei ik het nogmaals. Ja.

Nu wil je het mijne horen? zei ze.

Ja, zei ik.

Het begint op een dag dat ik van een ladder kom tijdens een artistieke protestactie, me omdraai en het mooiste mens zie dat ik ooit gezien heb. Vanaf dat moment ben ik thuis. Het is alsof ik, tot aan dat moment, tegen de stroom in heb geworsteld, tegen de wind in heb gevaren. Daarna trouwen we, zij en die persoon, en we leven nog lang en gelukkig, wat onmogelijk is, zowel in het verhaal als in werkelijkheid. Maar wij doen het gewoon. En dat is de boodschap. Dat is het. Dat is alles.

Wat is dat voor een verhaal? zei ik.

Een verhaal met een staartje, zei ze.

Het klinkt nogal oppervlakkig, voor een verhaal, zei ik.

Ik kan doortastend zijn als je wilt, zei ze. Wil je dat ik er meer werk van maak? Of heb je het liever wat luchtiger? Jij mag het zeggen.

Toen hield ze me stevig vast.

Kijk eens aan, zei ze.

Je bent heel gewiekst, zei ik.

Jij kunt er zelf ook wat van, zei ze.

We werden wakker. Het was licht. Het was halftwee 's ochtends. We stonden op en deden het raam open; we leunden samen op de vensterbank en keken toe hoe de wereld ontwaakte, en terwijl de vogels om het hardst probeerden elkaar te overstemmen voordat het gewone lawaai van de dag hen zou overstemmen, vertelde ze me het verhaal van Iphis.

Heel lang geleden, op het eiland Kreta, was er een zwangere vrouw en toen de tijd naderde om te baren, kwam haar echtgenoot, een goed mens, naar haar toe en zei, als het een jongen is, houden we hem, maar als het een meisje is, is het onmogelijk. We kunnen ons geen meisje veroorloven, ze zal ter dood gebracht moeten worden, het spijt me erg, maar zo is het nu eenmaal. Dus ging de vrouw naar de tempel en bad tot de godin Isis, die wonderbaarlijk genoeg voor haar verscheen. Je hebt trouw aan mij betoond, dus ik zal trouw aan jou betonen, zei de godin. Voed het kind op, ongeacht wat het is, en ik beloof je dat alles in orde zal komen. En zo werd het kind geboren, en het was een meisje. De moeder voedde haar stiekem op als jongen, noemde haar Iphis, een naam die zowel voor jongens als voor meisjes gebruikt kon worden. Iphis ging naar school en werd grootgebracht samen met haar vriendin Ianthe, de prachtige dochter van een gegoede familie, en Iphis en Ianthe groeiden op en keken elkaar in de ogen. Liefde trof hun onschuldige harten gelijktijdig en verwondde hen beiden, en ze verloofden zich. Toen de trouwdag naderde en heel Kreta voorbereidingen trof voor het huwelijk, begon Iphis zich steeds meer zorgen te maken over hoe ze, aangezien ze net als Ianthe een meisje was, ooit in staat zou zijn haar bruid, die ze innig liefhad, plezier te verschaffen. Ze maakte zich zorgen dat zijzelf nooit op de manier waarop ze het wilde van haar bruid zou kunnen genieten. Ze beklaagde zich bitter tegenover de goden en godinnen. Op de avond voor het huwelijk ging Iphis' moeder terug naar de tempel en vroeg de godin om hulp. Toen ze de lege tempel verliet, begonnen de muren te schudden, de deuren trilden, Iphis' kaak werd langer, haar passen werden langer, haar borstkas werd groter en breder, haar boezem werd plat en de volgende dag, de trouwdag, brak stralend en helder aan en op het hele eiland Kreta heerste vreugde toen de jonge Iphis zijn Ianthe kreeg.

Maar eigenlijk verliep het vertellen meer als volgt:

Heel lang geleden, op het eiland Kreta, zei Robin achter mij, in mijn oor –

Daar ben ik geweest! Daar zijn we geweest! zei ik. We zijn daar op vakantie geweest toen we kinderen waren. Eigenlijk hebben we een groot deel van die vakantie in het ziekenhuis van Heraklion doorgebracht, omdat onze vader een motor wilde huren om indruk te maken op die vrouw in de motorwinkel, en voordat hij hem huurde, reed hij een paar meter de hoek om om te weten hoe het voelde, en hij viel ervanaf en haalde daarbij de ene kant van zijn lichaam open.

Heel lang geleden, zei Robin, ver voor er motoren werden verhuurd, ver voor motoren, ver voor fietsen, ver voor jou, ver voor mij, voor de grote tsunami die het grootste gedeelte van noordelijk Kreta afvlakte en het merendeel der minoïsche steden verzwolg – wat tussen haakjes waarschijnlijk de gebeurtenis was die verantwoordelijk was voor het ontstaan van de mythe over de verdwenen stad Atlantis –

Hé, dat is interessant, zei ik.

Inderdaad, zei ze. In sommige delen van Kreta ligt vijftien meter hoog puimsteen op het land en beenderen van koeien samen met resten van zeedieren, veel te hoog om geologisch verklaard te kunnen worden –

Nee, ik bedoel dat over verantwoordelijkheid en het ontstaan van een mythe, zei ik.

O, zei ze. Nou –

Ik bedoel, ontspringen mythen in hun volledigheid aan de verbeelding en de noden van een maatschappij, zei ik, alsof ze ontstaan uit het onderbewustzijn van een samenleving? Of zijn mythen bewuste scheppingen van meerdere krachten die geld willen maken? Is adverteren bijvoorbeeld een nieuwe manier om mythen te creëren? Verkopen bedrijven hun water enzovoort omdat ze ons de juiste overtuigende mythe vertellen? Kopen daarom mensen die in feite geen behoefte hebben om iets te kopen dat praktisch gratis is daar toch flessen van? Zullen ze binnenkort een mythe verzinnen om ons lucht te verkopen? En willen mensen bijvoorbeeld mager zijn omdat volgens de geldende mythe mager-zijn mooier is?

Anth, zei Robin, wil je dat verhaal over de jongen-meisje horen of niet?

Jawel, zei ik.

Goed. Kreta. Lang geleden, zei ze. Klaar?

Mm-mm, zei ik.

Echt? zei ze.

Ja, zei ik.

Er was dus die zwangere vrouw, en haar man ging naar haar toe –

Wie van de twee was Iphis? zei ik.

Geen van beiden, zei ze. En haar man zei –

Hoe heetten ze? zei ik.

Hun namen ben ik vergeten. Hoe dan ook, de man ging naar zijn vrouw –

Die zwanger was, zei ik.

Mm-mm en hij zei, luister eens, er zijn twee dingen die ik van harte hoop, ten eerste dat je geen pijn zult hebben als de baby wordt geboren.

Hmm, tja, zei zijn vrouw. Dat zit er wel in, denk je niet?

Ha ha! zei ik.

Nee, dat zei ze helemaal niet, zei Robin. Ik maak er een veel te moderne versie van. Nee, ze gedroeg zich geheel volgens de regels van haar tijd, bedankte hem voor het feit dat hij, zo genadiglijk, vanuit zijn mannenwereld waarin vrouwen niet echt meetelden, er zelfs aan had gedacht dat ze pijn zou kunnen hebben. En wat hoop je ten tweede? vroeg ze. Toen ze dit zei, keek de man, die een goed mens was, heel verdrietig. De vrouw werd onmiddellijk achterdochtig. Haar man zei, kijk, je weet best wat ik ga zeggen. Namelijk. Als je het leven schenkt aan een jongen, is het prima, dan kunnen we het houden, en dat hoop ik dus.

Ja? zei de vrouw. En?

En als het een meisje is, kunnen we het niet houden, zei

hij. Als het een meisje is, zullen we haar ter dood moeten laten brengen. Een meisje is een last. Dat weet je. Ik kan me geen meisje veroorloven. Je weet dat ik dat niet kan. Ik heb niets aan een meisje. Zo is het nu eenmaal. Het spijt me dat ik dit moet zeggen, ik wou dat het niet zo was en ik wil het niet, maar zo is het leven nu eenmaal.

Zo is het leven nu eenmaal, zei ik. Fantastisch. Godzijdank leven we in de moderne tijd.

Toch, zei Robin, is het op heel veel plaatsen op de wereld regel dat de dokter onder aan zijn akte met rood voor meisjes en met blauw voor jongens schrijft, zodat de ouders weten, daar waar het onwettig is dat meisjes gewoon geaborteerd worden, wat ze kunnen weghalen en wat ze kunnen houden. Zo zit dat. De vrouw ging weg om in haar eentje te bidden. En terwijl ze in de tempel neerknielde en tegen het niets dat daar was bad, verscheen de godin Isis voor haar.

Zoals de Maagd Maria in Lourdes, zei ik.

Alleen veel, veel vroeger, cultureel en historisch gezien, dan de Maagd Maria, zei Robin, en verder was de vrouw ook niet ziek, hoewel er absoluut iets behoorlijk mis was in de staat Knossos, met al dat het-meisje-moet-dood gedoe. En de godin Isis had een heleboel god-vrienden en familie van haar meegenomen, onder wie ook de god met een hoofd als van een jakhals. Hoe heet hij ook alweer? Verdomme. Ik vind hem echt aardig – hij heeft van die jak-halsoren, en een lange snuit – een soort hond-god – hij bewaakt de onderwereld –

Ik weet het niet. Is het belangrijk voor het verhaal? zei ik.

Nee. Isis bedankte de vrouw voor het feit dat ze haar vertrouwen in de situatie niet had opgegeven en zei dat ze zich geen zorgen hoefde te maken. Ze moest het kind zoals te doen gebruikelijk ter wereld brengen, en het opvoeden, zei ze.

Zoals te doen gebruikelijk? zei ik. Een godin die *zoals te doen gebruikelijk* zei?

Goden kunnen heel nuchter zijn als ze willen, zei Robin. En toen verdween zij met al haar god-vrienden, alsof ze er nooit geweest waren, alsof de vrouw ze alleen maar ver-zonnen had. Maar de vrouw was heel gelukkig. Ze ging onder de nachtelijke hemel staan en strekte haar armen uit naar de sterren. Toen kwam het moment dat de baby geboren moest worden. En dat gebeurde.

Je kunt niet je hele leven in de baarmoeder blijven, zei ik.

En het was een meisje, zei Robin.

Natuurlijk, zei ik.

En de vrouw noemde haar Iphis, wat de naam van de grootvader van het meisje was –

Is wat voor te zeggen, zei ik.

– en toevallig ook een naam was voor zowel jongens als meisjes, wat de vrouw als een goed voorteken beschouwde.

Ook daar is wat voor te zeggen, zei ik.

En om haar kind te beschermen voedde zij het op als een jongen, zei Robin. Gelukkig voor Iphis zag ze er best goed uit als jongen, hoewel ze als meisje ook heel knap zou zijn geweest. Ze was absoluut net zo knap als haar vriendin Ianthe, de mooie blonde dochter van een van de beste families van het eiland.

Aha, zei ik. Ik geloof dat ik weet hoe het afloopt.

En omdat Iphis en Ianthe precies even oud waren, gingen ze samen naar school, leerden samen lezen, leerden samen hoe de wereld in elkaar zat, groeiden samen op, en zodra ze de huwbare leeftijd hadden bereikt onderhandelden hun vaders met elkaar, wisselden enkele stuks vee uit en maakte het dorp zich gereed voor het huwelijk. Maar dat was niet alles. Iphis en Ianthe waren namelijk echt, heel echt, verliefd op elkaar geworden.

Deden hun harten pijn? zei ik. Hadden ze het idee dat ze voortdurend onder water waren? Hadden ze het gevoel dat het licht te schel was aan hun ogen? Liepen ze rond zonder te weten wat ze moesten beginnen?

Ja, zei Robin. Dat. En nog meer.

Nog meer? zei ik. Jeetje.

Bij wijze van spreken, zei Robin. De huwelijksdag was vastgesteld. Het hele dorp zou komen. Niet alleen het dorp, maar alle gegoede families van het eiland zouden komen. En enkele mensen van ver weg gelegen andere eilanden. En van het vasteland. Er was een aantal goden uitgenodigd en een heleboel hadden gezegd dat ze zouden komen. En Iphis was er behoorlijk slecht aan toe, want ze had geen idee.

Ze had geen idee waarvan? zei ik.

Ze had geen idee hoe ze het moest doen, zei Robin.

Wat bedoel je? zei ik.

Ze stond in een wei ver genoeg van het dorp zodat niemand haar zou horen, op misschien een paar geiten en een paar koeien na, en ze schreeuwde tegen de hemel, ze schreeuwde tegen niets, tegen Isis, tegen alle goden. Waarom hebben jullie me dit aangedaan? Stelletje klootzakken. Stelletje ellendelingen. Kijk nou eens wat er gebeurt. Ik bedoel, neem nou die koe. Wat heeft ze eraan als je haar een koe geeft in plaats van een stier? Ik kan geen jongen zijn voor mijn meisje! Ik weet niet hoe dat moet. Ik wou dat ik nooit geboren was! Jullie hebben me verkeerd geschapen! Hadden ze me maar gedood bij mijn geboorte! Niets kan me helpen!

Maar misschien wíl haar meisje, hoe heet ze ook alweer,

Ianthe, een meisje, zei ik. Het is duidelijk dat Iphis precies het soort jongen-meisje of meisje-jongen is waarvan ze houdt.

Ja, dat ben ik met je eens, zei Robin. Daar valt over te praten. Maar zo gaat het niet in het oorspronkelijke verhaal. In het oorspronkelijke verhaal staat Iphis daar tegen de goden te schreeuwen. En ook al was Daedalus hier, schreeuwde Iphis, de grootste uitvinder ter wereld die als een vogel over de zee kan vliegen terwijl hij toch maar een mens is! Maar zelfs híj zou niets hebben kunnen bedenken om dit in orde te maken voor Ianthe en mij. Ik bedoel maar, leuk hoor, Isis, om tegen mijn moeder te zeggen dat het in orde zou komen, maar wat nu? Nu sta ik op het punt te trouwen, en dat is morgen, en ik zal voor het hele dorp voor schut staan, en dat is jouw schuld. En Juno en Hymen komen. We zullen ook voor de hemelen voor schut staan. En hoe kan ik met mijn meisje trouwen ten overstaan van mijn vader, ten overstaan van iedereen? En dat is nog niet alles. Dat is lang niet alles. Nooit, nooit ofte nimmer zal ik in staat zijn mijn meisje plezier te bezorgen. En zij zal de mijne zijn, maar nooit echt de mijne. Het zal zijn alsof ik midden in een rivier sta, stervend van de dorst, met mijn handen vol water en niet in staat om het te drinken!

Waarom zal ze niet in staat zijn het te drinken? zei ik.

Robin haalde haar schouders op.

Dat denkt ze nu eenmaal op dit punt van het verhaal. Ze is jong. Ze is doodsbang. Ze weet nog niet dat alles goed zal komen. Ze is pas twaalf jaar. Dat was toen de huwbare leeftijd, twaalf. Ik was ook heel bang toen ik twaalf was en met een meisje wilde trouwen. (Met wie wilde je trouwen? zei ik. Janice McLean, zei Robin, uit Kinmylies. Ze was heel aantrekkelijk. En ze had een pony.) Twaalf of dertien, en doodsbang. Het is gemakkelijk te denken dat het een vergissing is of dat jij een vergissing bent. Het is gemakkelijk om, als je van alles en iedereen te horen krijgt dat je in het verkeerde lichaam zit, te geloven dat je in het verkeerde lichaam zit. En vergeet ook niet dat het verhaal van Iphis door een man is bedacht. Hoewel, ik zeg een man, maar Ovidius is heel meegaand, voor een schrijver, veel meer dan de meeste schrijvers. Hij weet, beter dan de meesten, dat verbeelding geen geslacht heeft. Hij is echt goed. Hij heeft respect voor alle soorten liefde. Hij heeft respect voor alle soorten verhalen. Maar in dit verhaal – nou ja, hij kan er ook niets aan doen dat hij nu eenmaal een Romein is, hij kan er niets aan doen dat hij gefixeerd is op wat meisjes niet onder hun toga hebben, en hij kan zich niet voorstellen wat meisjes zonder dat zouden kunnen doen.

Ik wierp een snelle blik onder de donsdeken.

Het voelt of ziet er helemaal niet uit alsof ik iets mis, zei ik.

O, zei Robin, ik hou van Iphis. Ik hou van haar. Moet je haar nou zien. Kleedt zich als een jongen om haar leven te redden. Staat in een wei, gaat tekeer over de gang van zaken. Ze heeft alles over voor de liefde. Ze zou er alles voor overhebben om te veranderen wat ze is.

Wat gaat er gebeuren? zeg ik.

Wat denk je? zegt Robin.

Nou, ze zal hulp nodig hebben. De vader zal van geen enkel nut zijn, hij weet niet eens dat ze een meisje is. Die ziet niets. En voor Ianthe is een jongen dat wat Iphis is. Ianthe is alleen maar blij dat ze gaat trouwen. Maar ook zij heeft geen zin vernederd te worden, en het dorp zal met hen allebei de spot drijven. Ook zij is pas twaalf. Haar kan Iphis niet om hulp vragen. Dus wordt het de moeder of de godin.

Goed opgemerkt, zei Robin. De moeder ging op weg om op haar manier een woordje met Isis te spreken.

Dat is een van de redenen dat Midge zo wrokkig is, zei ik.

Dat wie zo wat is? zei Robin.

Imogen. Ze moest al die moederdingen doen toen onze moeder wegging. Daarom is ze misschien zo mager. Is het je opgevallen hoe mager ze is?

Ja, zei Robin.

Ik hoefde nooit wat te doen, zei ik. Ik heb geluk. Ik ben

mytheloos geboren. Ik ben mytheloos groot geworden.

Nee, niet waar. Niemand wordt mytheloos groot, zei Robin. Wat telt is wat we doen met de mythen waarmee we opgroeien.

Ik dacht aan onze moeder. Ik dacht aan wat ze gezegd had, dat ze vrij moest zijn van wat mensen van haar verwachtten, anders zou ze domweg doodgaan. Ik dacht aan onze vader, buiten in de tuin, waar hij de was ophing de eerste dagen na haar vertrek. Ik dacht aan Midge, zeven jaar oud, die de trap af holde om het over te nemen, om het in zijn plaats te doen, omdat de buren lachten bij de aanblik van een man die de was ophing. Je bent een goed kind, had onze vader gezegd.

Ga door met je verhaal, zei ik. Ga verder.

En zo ging de moeder, zei Robin, naar de tempel, en ze zei tegen de ijle lucht: Moet u nou eens kijken. U hebt gezegd dat het in orde zou komen. En nu krijgen we morgen die enorme bruiloft, en alles loopt uit de hand. Zou u het dus voor me kunnen regelen? Alstublieft.

En toen ze de lege tempel verliet, begon die te schudden, en de tempeldeuren trilden.

En kijk eens aan, zei ik.

Ja. Kaak wordt langer, stappen worden langer, echt alles wordt langer. Tegen de tijd dat ze thuiskwam, was Iphis precies de jongen geworden die ze moest zijn voor haarzelf en voor haar meisje. En de jongen die ze moest zijn voor hun beider families. En voor iedereen in het dorp. En voor alle mensen overal vandaan die hoopten op een heel groot feest. En voor de goden die op bezoek kwamen. En voor dit specifieke historische tijdperk met zijn eigen idee van wat een opwindend en tegendraads liefdesverhaal was. En voor de schrijver van de *Metamorphosen*, die aan het einde van boek Negen echt een gelukkig liefdesverhaal nodig had om zich door de verschillende minder fijnzinnige verhalen heen te werken die gaan over mensen die, ongelukkigerwijs en met vreselijke gevolgen, verliefd worden op hun vaders, hun broers, bepaalde ongeschikte dieren en de dode geesten van hun minnaars, zei Robin. Voilà. Opgelost. No problemo. De *Metamorphosen* zitten vol met goden die gemeen doen tegen mensen, hen verkrachten om hen vervolgens in koeien of stromen te veranderen, zodat ze het niet zullen vertellen, of net zo lang achter hen aan zitten totdat ze veranderen in planten of rivieren, of hen straffen voor hun trots of hun hoogmoed of hun talenten door hen te veranderen in bergen of insecten. Er zijn maar heel weinig gelukkige verhalen. Maar de volgende dag brak aan en de hele wereld deed zijn ogen open, het was de dag van de bruiloft. Zelfs Juno was van de partij, en ook Hymen, en alle families van Kreta waren in hun mooiste kleren bijeengekomen voor het geweldige feest, toen het meisje haar jongen bij het altaar trof.

Meisje treft jongen, zei ik. En dat op zoveel manieren.

Het oude, oude liedje, zei Robin.

Ik ben blij dat het goed kwam, zei ik.

Het bekende oude liedje, zei Robin.

Die goeie ouwe Ovidius, dankzij hem heeft het verhaal kloten.

Ook al konden ze het zonder kloten af. Anubis! zei Robin opeens. De god met het hoofd van een jakhals. Anubis.

Anubis-kolonie? zei ik.

Toe, zei Robin. Jij en ik. Wat zeg je daarop?

Bed, zei ik.

Daar gingen we, terug naar bed.

Met elkaar verstrengeld lagen we in elkaars armen, zodat ik niet goed wist van wie de hand naast mijn hoofd was, de hare of de mijne? Ik bewoog mijn hand. De hand naast mijn hoofd bewoog niet. Ze zag mij ernaar kijken.

Het is de jouwe, zei ze. Ik bedoel, hij zit aan het einde van mijn arm. Maar het is jouw hand. Net zoals de arm. Net zoals de schouder. Net zoals alles wat daaraan vastzit.

Haar hand opende mij. Toen werd haar hand een vleugel. Toen werd ik een vleugel, een enkele vleugel, en zij was de andere vleugel, we waren een vogel. We waren een vogel die Mozart kon zingen. Het was een melodie die ik herkende, ernstig en licht tegelijk. Toen veranderde hij in een melodie die ik nooit eerder had gehoord en die zo nieuw voor me was dat ik opsteeg, ik was alleen nog maar klanken, door haar gespeeld, zwevend in de lucht. Toen zag ik haar glimlach zo vlak voor mijn ogen dat ik alleen maar de glimlach zag, en ik bedacht dat ik me nooit eerder binnen in een glimlach had bevonden, wie had kunnen bevroeden dat je binnen in een glimlach bevinden zo oud en tegelijk zo nieuw kon aanvoelen? Haar prachtige hoofd lag op mijn borst, ze pakte me eenmaal tussen haar tanden, ze beet in de tepel zoals de welp van een vos zou doen, omlaag gingen we, geen wonder dat ze het een burcht noemen, het was als humus, het was heerlijk, het was wat heerlijk betekende, het was als aarde, het was wat aarde betekende, het was dat wat aan alles ten grondslag ligt, het soort grond dat dingen zuivert. Was dat haar tong? Werd dat bedoeld als men zei dat vlammen tongen hadden? Smolt ik? Zou ik smelten? Was ik goud? Was ik magnesium? Was ik zilt, was mijn buik een zee, was ik alleen maar zout water met een eigen geest, was ik een of andere fontein, was ik de kracht van water door een steen heen? Ik was inderdaad onbuigzaam en dan was ik spier, ik was een slang, veranderde in drie eenvoudige bewegingen steen in slang, sleep, sliep, sloop, daarna was ik een boom met takken vol met knoesten, en wat waren die viltachtige spruiten, was dat – een gewei? Groeiden er echt geweien uit ons beiden? raakte mijn gehele voorkant met dons bedekt? en waren we dezelfde huid? waren onze handen zwarte glimmende hoeven? trapten we? werden we gebeten? zaten onze hoofden aan elkaar vast tot we erbij neervielen? totdat we ons losgerukt hadden? ik was een zij was een hij was een wij waren een meisje en een meisje en een jongen en een jongen, we waren lemmeten, waren een mes dat mythen kon doorsnijden, waren twee messen geworpen door een goochelaar, waren pijlen afgeschoten door een god, we raakten het hart, we schoten in de roos, we waren de staart van een vis waren de stank van een kat waren de snavel van een vogel waren de veer die meester was over de zwaartekracht waren hoog in de lucht boven elk landschap dan laag bij de grond diep in de purperen nevel van heide zwervend in het schemerlicht in een wilde weergaloos wervelende Schotse rondedans die nimmer ophoudt kunnen we dit echt volhouden? zo snel? zo hoog? zo gelukkig? weer in het rond? nog wat hoger? oef! de welving die als een puzzelstukje precies paste in de holte als een heuveltop in de lucht, was dat een distel? was ik alleen maar gras, een bundel grof gras? kwam die ongelooflijke kleur voort uit mij? de glimmende hoofdjes van – wat? boterbloemen? want hun geur, landelijk en delicaat, kwam in mijn hoofd en uit mijn ogen, mijn oren, uit mijn mond, uit mijn neus, ik was reuk die kon zien, ik was ogen die konden proeven, ik vond boter verrukkelijk. Ik vond alles verrukkelijk. Je kunt me alles voorzetten! Ik was een en al open zintuigen in een spel-denknop, en was het een engel die wist hoe handen aldus te gebruiken, als vleugels?

Dat alles waren we, in een tijdsbestek van tien minu-ten. Ffft, een vogel, een lied, de binnenkant van een mond, een vos, een burcht, alle elementen, mineralen, een vorm van water, een steen, een slang, een boom, enkele distels, verscheidene bloemen, pijlen, beide geslachten, een geheel nieuw geslacht, helemaal geen geslacht en god mag weten hoeveel meer andere dingen, waaronder een paar vechten-de herten.

Ik stond op om water voor ons te halen en toen ik in de keuken in het vroege-ochtendlicht stond en water uit de kraan liet stromen, keek ik uit over de heuvels die achter de stad liggen, naar de bomen op de heuvels, naar de strui-ken in de tuin, naar de vogels, naar de gloednieuwe blaad-jes aan een tak, naar een kat op een hek, naar de stukken hout waaruit het hek gemaakt was en ik vroeg me af of al-les wat ik zag, of misschien elk landschap waar we toeval-lig naar keken, het resultaat was van een trance waarvan we niet eens wisten dat die plaatsvond, een liefdesdaad die zich langzaam maar constant genoeg voltrok om ons te laten geloven dat het gewoon alledaagse realiteit was.

Toen vroeg ik me af waarom in 's hemelsnaam iemand ooit in de wereld zou staan alsof hij, weliswaar te midden van de weelderige Hangende Tuinen van Babylon, binnen in een klein witgeschilderd vierkant ongeveer zo groot als een enkele parkeerplaats op een parkeerterrein stond, en weigerde daaruit te komen terwijl om hem of haar heen de hele wereld, prachtig, in al zijn verscheidenheid, wachtte.

ZIJ

(Het is zo Engels hier in Engeland.)

De hele reis eerste klas. Ik was de enige reiziger in wagon J toen we wegreden. Ik! Een hele wagon voor mezelf! Ik doe het helemaal niet slecht

(en de trein werd steeds Engelser naarmate we zuidelijker kwamen. In Newcastle werd het bedienend personeel dat koffie serveerde Engels. En in Newcastle werd ook de stem van de conducteur Engels, en toen was het alsof je in een volslagen andere trein zat, hoewel ik niet eens was gaan verzitten, en de mensen die instapten en op de plaatsen om me heen gingen zitten allemaal zo op en top Engels en tegen de tijd dat we in York arriveerden was het net een andere)

AU. O, sorry!

(Mensen in Engeland lopen gewoon tegen je op en ze verontschuldigen zich niet eens.)

(En er zijn er zoveel, zoveel! Mensen, kilometers in de omtrek.)

(Waar is mijn telefoon?)

Menu. Telefoonboek. Kiezen. Vader. Bellen.

(God, wat is het hier druk met al die mensen en het lawaai en het verkeer ik hoor nauwelijks de)

Antwoordapparaat.

(Hij neemt nooit op als hij mijn naam ziet.)

Hoi, pa, met mij. Het is donderdag kwart voor vijf. Bel even om te zeggen dat ik niet meer in de eerste klas van de trein zit, ik ben op, eh, Leicester Square, God, het is hier echt zonnig, het is iets te warm, ik heb een halfuurtje tussen heel belangrijke zakenafspraken, dus belde alleen maar om hallo te zeggen. Eh, nou, goed, ik bel nog wel eventjes wanneer ik klaar ben met mijn afspraken, dus nou hang ik op. Dag. Dag.

Einde telefoongesprek.

Menu. Telefoonboek. Kiezen. Paul. Bellen.

Antwoordapparaat.

(Verdomme.)

O, hé Paul, met mij, Imogen. Het is donderdag, ongeveer kwart voor vijf, en ik vroeg me af of je iets bij het secretariaat voor me kunt navragen, ik, eh, krijg ze niet te pakken, ik probeer het steeds en het is constant in gesprek of misschien is er iets aan de hand met de ingesprektoon of zo, hoe dan ook, sorry dat ik nog zo laat op de middag bel, maar omdat ik ze niet te pakken krijg, zat ik te denken wat zal ik doen en o, ik weet het al, ik kan altijd Paul bellen, hij zal me wel helpen, dus als je voor mij bij hen wilt checken of de e-mail over de marktprognose en de kleurenprints naar Keith verzonden zijn en of hij alles gezien heeft voordat ik naar het kantoor ga? Ik ben daar over ongeveer een kwartiertje. Ik wacht op je telefoontje, Paul. Daaag. Daag. Dag.

Menu. Telefoonboek. Kiezen. Anthea. Bellen.

Antwoordapparaat.

Hoi, dit is Anthea. Spreek geen bericht in op deze telefoon, omdat ik probeer mijn mobiel niet langer te gebruiken, aangezien de fabricage van mobieltjes op grote schaal slavenarbeid ten gevolge heeft, en ook omdat mobieltjes ons verhinderen volledig en fatsoenlijk in het hier en nu te leven en fatsoenlijk, in werkelijke zin, te communiceren met mensen en alleen een zoveelste middel zijn om onszelf te kort te doen. Kom me in plaats daarvan opzoeken, zodat we een echt gesprek kunnen hebben. Bedankt.

(Goeie god.)

Hoi, met mij. Het is donderdag tien voor vijf. Versta je me? Ik kan nauwelijks mezelf verstaan, het is hier zo'n herrie, belachelijk gewoon. Hoe dan ook, ik ben op weg naar een afspraak en ik kwam langs een soort park of plein achter Leicester Square, waar ik de ondergrondse nam, en daar stond het standbeeld van William Shakespeare, en toen dacht ik Anthea zou dat mooi vinden en toen, eh, je gelooft het nooit! Ongeveer twee tellen later zag ik het standbeeld van Charlie Chaplin! Dus dacht ik, ik bel je om je dat te vertellen. Ik loop nu Trafalgar Square op, het is helemaal voetgangerszone, je kunt overal lopen, de fonteinen spuiten, het is hier zo warm dat de mensen echt in het water springen, niet erg hygiënisch, volksstammen mensen dragen hier korte broeken, niemand heeft een jas aan, ik moest de mijne uittrekken, zo warm is het, o, en daar staat Nelson! Maar hij zit zo hoog dat je hem niet echt kunt zien, ik sta nu recht onder hem, hoe dan ook, ik bel omdat ik elke keer dat ik hier kom en die beroemde dingen zie, aan ons moet denken, je weet wel, toen we als kleine kinderen op de televisie Nelson's Column en de Big Ben zagen en we ons afvroegen of we die ooit van ons leven in het echt te zien zouden krijgen, eh, nou sta ik te wachten tot het licht op groen springt bij de voetgangersoversteekplaats onder Nelson's Column, je zou eens al die verschillende talen moeten horen, het is ontzettend interessant zoveel verschillende klanken tegelijk, o, nou ben ik in een straat met allemaal gebouwen die er als regeringsgebouwen uitzien, goed, ik belde alleen maar om te zeggen dat ik je zie als ik terug ben, morgen ben ik terug, ik moet nu eventjes op mijn plattegrond kijken, en die moet ik uit mijn tas halen, dus, nou, ik hang nu op. Daag. Dag.

Einde gesprek.

(Nog steeds geen Paul.)

(Ze zal dat bericht nooit te horen krijgen. Over een week wordt dit bericht automatisch van Orange verwijderd.)

(Maar het was fijn hier te telefoneren, maakte dat ik me veiliger voelde, en ook al kraamde ik maar wat onzin uit, het gaf me een goed gevoel.)

(Misschien is het gemakkelijk tegen iemand te praten die nooit zal horen wat je zegt.)

(Wat een rare gedachte. Wat een belachelijke gedachte.)

Is dit de Strand?

(Ze houdt van alles wat met Shakespeare te maken heeft en ze vond die film prachtig, en ik ook, waarin die chique lui het nieuwe witte standbeeld onthullen, en ze trekken het doek weg en in zijn armen ligt diep in slaap Charlie Chaplin, en later kan het blinde meisje weer zien omdat hij rijk wordt dankzij een meevaller en al het geld aan een operatie aan haar ogen besteedt, maar dan ziet hij in dat nu zij weer kan zien, hij duidelijk de verkeerde man is, en dat is zo tragisch, daar is helemaal niets grappigs aan.)

(Nog steeds geen Paul.)

(Ik zie nergens een straatnaam, ik geloof niet dat dit de juiste weg naar)

(o, kijk dat eens, dat ziet er interessant uit, midden op de weg, wat is dat, een monument? Het is een monument met alleen maar kleren, net alsof er rondom aan haken lege kledingstukken hangen, alleen maar een heleboel kledingstukken van soldaten en arbeiders.)

(Maar ze zien er vreemd uit. Ze zien eruit alsof de vormen van het lichaam er nog in zitten. En ook al zijn het mannenkleren, door de manier waarop ze vallen, zien ze eruit als vrouwenkleren –)

(Aha, het is een standbeeld voor de vrouwen die in de oorlog hebben meegevochten. O, ik snap het. Het zijn de kleren die ze droegen, die ze net hadden uitgetrokken en opgehangen, nog maar een ogenblik tevoren, als andermans kleren die ze heel even hadden aangetrokken. En de kleren hebben hun vorm gehouden, waardoor je een vrouwelijke lichaamsvorm krijgt in overalls en uniformen en kleren die ze normaal niet zouden dragen enzovoort.)

(Londen staat vol met standbeelden. Kijk daar eens. Kijk hem daar hoog op zijn paard zitten. Ik vraag me af wie hij was. Het staat op de zijkant. Ik kan het niet ontcijferen. Ik vraag me af of hij, toen hij nog leefde, er echt zo uitzag zoals hij er daar uitziet. Het beeld van Chaplin zag er helemaal niet uit als Chaplin, niet echt. En dat van Shakespeare, nou, dat zul je nooit weten.)

(Nog steeds geen Paul.)

(Ik vraag me af waarom ze geen mensen hoefden te zijn, zoals hij, met een gezicht en een lichaam, die vrouwen, ze hoefden er helemaal niet bij te zijn, ze hoefden alleen maar lege kleren te zijn.)

(Was dat omdat er te veel meisjes waren en het een symbool voor hen allemaal moest zijn?)

(Maar nee, de soldaten op monumenten hebben altijd gezichten, ik bedoel, de soldaten op die monumenten moeten echte mensen zijn, met lichamen, niet alleen maar kleren.)

(Ik vraag me af of dat beter is, alleen maar kleren, ik bedoel in kunstzinnig en inhoudelijk opzicht en zo. Is het beter, symbolischer, om er níét te zijn?)

(Anthea zou dat wel weten.)

(Ik bedoel, stel je voor dat Nelson werd gesymboliseerd door alleen een hoed en een lege jas? Chaplin is soms alleen maar een hoed en laarzen en een wandelstok, of een hoed en een snor. Maar dat komt doordat hij zo karakteristiek is, dat je door die dingen weet dat hij het is.)

(Allebei onze grootmoeders hebben die oorlog meegemaakt. Die kleren aan dat monument zijn de lege kleren van onze grootmoeders.)

(De gezichten van onze grootmoeders. We hebben zelfs nooit het gezicht van de moeder van onze moeder gezien, nou ja, alleen op foto's. Ze was al dood voordat wij geboren waren.)

(Nog steeds geen Paul.)

Op dat bord staat Whitehall.

Ik ben verkeerd gelopen.

(Hemel, Imogen, kun je dan niets goed doen?)

Ik kan beter teruggaan.

Mijn opzet is, zegt Keith, om Pure vergetelheid mogelijk te maken.

Juist! zeg ik.

(Ik hoop dat ik het intelligent genoeg zeg.)

Wat ik wil, zegt hij, is dat het niet alleen mogelijk, maar ook de gewoonste zaak van de wereld wordt dat iemand, zonder erbij na te denken, vanaf het moment dat hij 's ochtends opstaat tot aan het moment dat hij 's avonds weer gaat slapen, zijn hele dag doorbrengt in Pure handen.

Dus als zijn vrouw de kraan openzet om zijn koffiezetapparaat te vullen, dan is het water dat eruit komt beheerd, getest en gezuiverd door Pure. Wanneer ze zijn koffie in de filter doet en boter op zijn toast smeert, of een appel voor hem van de fruitschaal pakt, zijn alle producten stuk voor stuk vervoerd door en gekocht bij een van de winkels die aan Pure toebehoren. Wanneer hij de krant pakt om die tijdens het ontbijt te lezen, of het nu een sensatieblaadje is of een klein formaat krant of een kwaliteitskrant, is het een krant die eigendom is van Pure. Wanneer hij zijn computer aanzet, is de provider die hij gebruikt eigendom van Pure, en het ontbijtprogramma op de tv waar hij niet

echt naar kijkt is op een van de zenders waarvan de aan-
delen grotendeels in handen van Pure zijn. Wanneer zijn
vrouw de baby een schone luier aandoet, is het er een die
gekocht en verpakt is door Pure Farmaceutica, evenals de
twee ibuprofen die ze op het punt staat te slikken, en alle
andere medicijnen die ze in de loop van de dag moet in-
nemen, en wanneer de baby eet, eet hij potjes Ooh Baby
uit het assortiment biologische voeding, vervaardigd en
op de markt gebracht door Pure. Wanneer hij de laatst ver-
schenen paperback in zijn koffertje stopt of wanneer zijn
vrouw nadenkt over wat ze later op de dag in haar leesclub
zal lezen, wat het ook is, is het gepubliceerd door een van
de twaalf uitgeverijen die eigendom van Pure zijn en is het
gekocht, in de winkel of online, bij een van de drie ketens
die nu eigendom van Pure zijn en als het online is gekocht,
wordt het zelfs misschien bezorgd door een postnetwerk
dat door Pure wordt gerund. En als onze man op weg naar
zijn werk zin zou hebben om naar kwaliteitsporno te kijken, als je mij wilt excuseren, eh eh, dat ik zo lomp ben dit
idee te opperen –

Ik knik.

(Ik glimlach, zoals mij steeds verteld wordt te doen.)

– op zijn laptop of op het beeldschermpje van zijn telefoon, onderwijl een fles Pure Eau Caledonia drinkend om
zijn vochtgehalte op peil te houden, kan hij dat doen dank-

zij een van de verschillende amusementsprogramma's die door Pure worden beheerd, gemaakt en uitgezonden.

(Maar ik voel me een beetje ongemakkelijk. Ik voel me een beetje ontgoocheld. Heeft Keith mij helemaal uit Londen naar deze verzameling prefab kantoren in de buitenwijken van een Nieuwstad in een speciale auto-met-chauffeur laten komen om me alleen maar te trakteren op een Creatief College?)

En dat is alleen nog maar het ontbijt, betoogt Keith. Onze Pure-man is nog niet eens op zijn werk. Dat is nog maar het begin. De rest van de dag moet nog komen. En we hebben het alleen nog maar over zijn vrouw gehad, slechts terloops zijn baby ter sprake gebracht. We hebben nog geen woord gezegd over zijn tienjarige zoon, zijn tienerdochter. Want het Pure Product is overal. Pure is massaal aanwezig in de wereldeconomie.

Maar het allerbelangrijkste: Pure is puur. En Pure moet op de markt herkend worden als puur. Het doet wat het op de verpakking zegt. Begrijp je me, eh, eh?

Imogen, Keith. Ja Keith, ik begrijp het, zeg ik.

Keith leidt me van het ene prefab gebouw naar het volgende prefab gebouw, en praat maar door. Er schijnt hier bijna niemand anders te werken.

(Misschien zijn ze allemaal naar huis. Het is per slot van rekening zeven uur 's avonds.)

(Ik wou dat er ten minste nog een of twee mensen aanwezig waren. Ik wou dat die chauffeur was gebleven. Maar nee, hij reed weg van het parkeerterrein zodra hij me had afgezet.)

(Door de stand van de zon kan ik ongeveer niets anders doen dan met dichtgeknepen ogen naar Keith gluren.)

Zo is het, Keith, zeg ik

(ook al heeft hij niets meer gezegd.)

(Hij is helemaal niet geïnteresseerd in de prints. Ik heb tweemaal geprobeerd ze ter sprake te brengen.)

... watermarkt van drie miljard dollar, zegt hij.

(Dat is mij allemaal bekend.)

... voorgenomen overname van de Duitsers die eigenaar zijn van Thames Water, natuurlijk, en we hebben zojuist een mooi bedrijf in Nederland gekocht en de Chinese en Indiase waterbusiness opent enorme marktperspectieven, zegt hij.

(Ook dat is mij allemaal bekend.)

En daarom, eh, eh, zegt hij.

Imogen, zeg ik.

En daarom, Imogen, heb ik je hier naar het hoofdkantoor laten komen, zegt Keith.

(Is dit het hoofdkantoor? Milton Keynes?)

... om jou de leiding te geven over het Pure FNB, zegt Keith.

(Ik! De leiding over iets?)

(Goeie god!)

Dank je, Keith, zeg ik. Wat, eh – wat is precies – ?

Met jouw aangeboren flair, zegt hij. Zoals jij de dingen zegt. Met jouw aangeboren intuïtieve begripvolle talent om een argument te weerleggen. Met jouw inzicht in de lokale politiek. Met jouw vermogen om zonder omhaal in te gaan op door de media aangekaarte onderwerpen. Maar vooral met jouw stijl. En ik ben de eerste om toe te geven dat we op dit moment behoefte hebben aan een vrouwelijke noot in het team, eh, eh. Daar hebben we meer behoefte aan dan aan wat ook, en je vermogen om er goed uit te zien, juist uit te zien, het juiste te zeggen, zo nodig voor de camera, onder alle moeilijke omstandigheden, en kritiek als een man te verduren in het geval er iets misgaat, zullen bij Pure meer dan wat dan ook beloond worden.

(Keith vindt me te dik.)

We staan stil voor een prefab gebouw dat identiek is aan de rest. Keith drukt de codeknoppen op een deur in en laat hem openzwaaien. Hij doet een stap achteruit, gebaart me naar binnen te kijken.

Er staat een nieuw bureau, een nieuwe computerinstallatie, een nieuwe stoel, een nieuwe telefoon, een nieuwe bank, een glimmende kamerplant.

Pure Fundamenteel Narratief Beleid, zegt hij. Welkom thuis.

Pure –? zeg ik.

Moet ik je soms over de drempel dragen? zegt hij. Vooruit! Neem plaats achter je bureau! Het is jouw stoel! Hij werd voor jou aangeschaft! Vooruit!

Ik verroer me niet. Keith beent naar binnen, trekt de draaistoel weg vanachter het bureau en rolt hem mijn kant uit. Ik grijp hem.

Ga zitten, zegt hij.

Ik ga erop zitten, in de deuropening.

Keith komt naar me toe, pakt de rugleuning, draait hem om zodat hij achter me staat

(hetgeen me doet denken aan wat de jongen altijd deed wanneer we naar de attracties in de Bught gingen, bij de waltzers, de jongen die de rug van de waltzer vasthield als er meisjes in zaten en die dan op een speciale duizelingwekkende manier in de rondte liet draaien zodat wij het uitschaterden.)

Keiths hoofd bevindt zich naast mijn hoofd. Hij praat nu in mijn rechteroor.

Je eerste opdracht, zegt Keith, is een artikel in antwoord op het artikel in de op Britse leest geschoeide krant *Independent* van vanochtend, dat je vast en zeker gelezen hebt –

(Heb ik niet. O god.)

– over het feit dat voor gebotteld water veel minder strikte testmethoden worden gebruikt dan voor kraanwater. DDR, eh, eh.

DD...? zeg ik.

Denigreren Discrediteren Repliceren, zegt Keith. Ga je gang. Gebruik je fantasie. Een groot aantal van die zogenaamde gereglementeerde proeven op kraanwater zijn nutteloos en sommige zelfs schadelijk. Benadrukt de wetenschap en benadrukken vele wetenschappers. Zeggen de statistieken. Ónze onafhankelijke bevindingen versus hún idiote bevindingen. Jij schrijft het op, wij plaatsen het.

(Wat – wil hij dat ik doe?)

Je tweede opdracht is wat lastiger. Maar ik weet dat jij het aankunt. Kleine etnische minderheid in een van onze minder belangrijke Indiase belangengroeperingen verzamelt en verzet zich tegen onze voorgenomen al voor tweederde voltooide filtreerdam die binnenkort vier Pure-laboratoria in de streek gaat bevoorraden. Zíj beweren: onze dam blokkeert hun toegang tot vers water en ondermijnt hun oogsten. Wíj zeggen: zij zijn etnische oproerkraaiers die ons proberen te betrekken bij een vulgaire godsdienstoorlog. Gebruik zo nodig het woord terrorisme. Gesnopen?

(Wat doen?)

(Deze stoel voelt onveilig aan. Hij wordt zachtjes door Keiths arm bewogen, hetgeen me misselijk maakt.)

Vijfenvijftig en meer per jaar, zegt Keith, overeen te komen na voltooiing van deze twee eerste opdrachten.

(Maar dat is – verkeerd.)

Precies degene die wij nodig hebben, zegt Keith.

(Keiths onderlichaam bevindt zich vlak voor mijn ogen. Ik zie dat zijn broek een erectie in bedwang houdt. Sterker nog, ik zie dat hij wil dat ik dat zie. In feite laat hij me zien dat hij een stijve heeft.)

... grootste ster aan het in het Verenigd Koninkrijk gevestigde Pure-firmament, zegt hij, en ik weet dat jij dat aankunt, eh, eh, –

(Ik probeer mijn naam te zeggen. Maar ik kan niet praten. Mijn mond is te droog.)

(Het is mogelijk dat hij helemaal naar dit prefab gebouw is gekomen en de stoel op precies de juiste hoogte heeft ingesteld zodat ik zijn erectie goed kan zien.)

... enige meisje dat zo hoog in het management zit, zegt hij.

(Ik kan geen woord uitbrengen.)

(Dan denk ik aan de laatste keer dat ik een glas water nodig had.)

(Ik denk aan wat een glas water betekent.)

Ik kan dit niet doen, zeg ik.

Ja, dat kun je wel, zegt hij. Je bent geen domme meid.

Nee, inderdaad, zeg ik. En ik kan niet een hoop onzin bedenken en doen alsof dat waar is. Die mensen in India. Die hebben recht op water.

Nee, nee, Schotse mop van me, zegt Keith. Volgens het Wereld Waterforum in 2000, dat als thema had wat water nu precies is, heeft de mens geen recht op water. Water is een menselijke behoefte. En dat betekent dat het handel is. Een behoefte kunnen we verkopen. En als mens hebben we daar het recht toe.

Keith, dat is belachelijk, zeg ik. De woorden die je zojuist hebt gebruikt staan allemaal op de verkeerde plaats.

Keith draait de stoel rond met mij erin totdat ik oog in oog met hem zit. Hij steunt met zijn handen op de leuningen en staat over mij heen gebogen zodat ik niet uit de stoel weg kan. Hij kijkt me ernstig aan. Hij geeft de stoel een speels waarschuwend zetje.

Ik schud mijn hoofd.

Gelul, Keith, zeg ik. Dat kun je niet maken.

Het is internationaal van regeringswege geratificeerd, zegt hij. Dat zijn de regels. Of jij het nou gelul vindt of niet. En ik doe waar ik zin in heb. En daar kun jij of wie dan ook niets aan doen.

Dan moeten de regels veranderd worden, hoor ik mezelf zeggen. Het zijn verkeerde regels. En daar kan ik een heleboel aan doen. Wat ik kan doen is, ik kan, eh, ik kan zo hard mogelijk en overal waar ik de kans krijg roepen dat dit niet mag gebeuren, totdat genoeg mensen dat horen om te voorkomen dat het gebeurt.

Ik hoor dat mijn stem steeds luider wordt. Maar Keith verroert zich niet. Hij vertrekt geen spier. Hij houdt de stoel schrap.

Wat is je achternaam ook alweer? zegt hij kalmpjes.

Ik haal diep adem.

Gunn, zeg ik.

Hij schudt zijn hoofd alsof hij me die naam gegeven heeft, alsof hij beslist hoe ik heet of hoe ik niet heet.

Niet uit het Pure hout gesneden, zegt hij. Jammer. Je leek de juiste te zijn.

Ik voel in mij iets opkomen dat net zo groot is als zijn stijve. Het is woede.

Het dwingt me overeind te komen, slingert me naar voren in de stoel, zodat mijn hoofd bijna zijn hoofd raakt en hij een stap achteruit moet doen.

Ik haal diep adem. Ik bedwing mezelf. Ik praat rustig.

Hoe kom ik hiervandaan naar het station, Keith, en heb ik een taxi nodig? vraag ik.

Opgesloten op het damestoilet in het prefab hoofdgebouw, waar ik op een taxi wacht, geef ik over. Ik ben gelukkig een expert in overgeven, dus komt er niets op mijn kleren.

(Maar het is de tweede keer in vele maanden tijd, besef ik als de taxi wegrijdt van het Pure-hoofdkwartier, dat ik niet met opzet heb overgegeven.)

Ik ga weer terug naar Londen. Ik hou van Londen! Ik loop tussen Euston en King's Cross alsof ik dat altijd doe, alsof ik bij al die anderen hoor die in een Londense straat lopen.

Het lukt me een zitplaats te krijgen in een wagon op de laatste slaaptrein naar het noorden.

Tijdens de reis vertel ik de andere drie mensen in de wagon over Pure en de mensen in India.

In feite zijn Engelsen, onder al dat zogenaamde zelfvertrouwen, net zo verlegen en beleefd als Schotten, en sommigen kunnen heel aardig zijn.

Maar ik moet ook een manier vinden om het verhaal te vertellen, waardoor de mensen niet de andere kant uit kijken of ergens anders gaan zitten.

Maar toch, terwijl ik het hier in een bijna lege wagon tegenover een paar onbekenden bijna uitschreeuw over hoe het er in de wereld aan toegaat, voel ik – wat voel ik?

Ik voel me volledig normaal.

Ik voel me een en al energie. Ik voel me zo boordevol energie op deze langzaam rijdende trein dat het net is alsof ik sneller reis dan de trein. Ik voel me geladen. Een geladen Gunn!

Ergens in Northumberland, als de trein weer langzamer gaat rijden, herinner ik me het verhaal over de clan waarvan ik mijn achternaam heb, het verhaal over het Gunnmeisje, dat het hof werd gemaakt door de leider van een andere clan en dat niets van hem moest hebben. Ze weigerde met hem te trouwen.

Dus ging hij op een dag naar het kasteel van de Gunns en doodde alle Gunns die hij tegenkwam, in feite doodde hij iedereen, familie of niet, die hij toevallig op weg naar haar kamer tegen het lijf liep. Daar aangekomen trapte hij de deur in. Hij nam haar met geweld.

Hij voerde haar kilometers ver mee naar zijn vesting, waar hij haar boven in een toren opsloot totdat ze zou toegeven.

Maar ze gaf niet toe. Ze gaf nooit toe. In plaats daarvan wierp ze zich van de toren, haar dood tegemoet. Ha!

Vroeger vond ik dat verhaal van mijn verre voorouder een morbide verhaal. Maar vanavond, ik bedoel, vanochtend, op de trein die op het punt staat de grens tussen daar en hier te passeren, ontpopt het zich als het verhaal over van welke kant we de dingen bekijken. Van welke kant we het geluk

(of het ongeluk)

hebben om het te bekijken.

En luister. Luister, jullie twee nog aanwezige mensen die nu slapen. Luister, wereld daar buiten, die langzaam voorbijglijdt achter de raampjes van de trein. Ik ben Imogen Gunn. Ik ben van een familie die niet te bezitten is. Ik kom van een land dat het tegenovergestelde is van, wat was het ook alweer, fundamenteel narratief. Ik ben een en al Hooglandse adrenaline. Ik ben een en al Gaelische lach en ik ben een en al Gaelische woede. Pure! Pff!

We rijden langzaam voorbij de Lowland Zee en de zee is van ons allemaal. We rijden in een soort prachtig helder zomerochtendlicht langzaam voorbij de ruige oevers van meren en rivieren, en die zijn vol water dat van iedereen is.

Dan bedenk ik dat ik mijn telefoon moet checken.

Zeven gemiste oproepen – van Paul!

Dat is een teken!

(En dan te bedenken dat ik altijd dacht dat hij niet de juiste man voor mij was.)

Ik bel hem meteen terug zonder naar een van de boodschappen te luisteren, ook al is het al laat, ik bedoel, eigenlijk vroeg in de ochtend.

Paul, zeg ik. Met mij. Heb ik je wakker gemaakt?

Nee, prima, zegt hij. Ik bedoel, ja, je hebt me wakker gemaakt. Maar Imogen –

Luister, Paul, zeg ik. Ik moet je eerst iets vertellen. En

dat is. Ik vind je echt aardig. Ik bedoel, ik vind je echt heel aardig. Ik vond je al aardig vanaf het eerste moment dat we elkaar ontmoetten. Je stond bij de waterkoeler, weet je nog?

Imogen..., zegt hij.

En je weet dat ik je aardig vind. Dat weet je. We hebben samen iets. Je weet wat ik bedoel. Dat het niet uitmaakt waar je je in een vertrek bevindt en je toch precies weet waar de ander is.

Imogen..., zegt Paul.

En ik weet dat ik het niet hoor te zeggen, maar ik denk dat als jij mij ook aardig vindt en je geen homo bent of zo, we daar iets aan zouden moeten doen, zeg ik.

Homo? zegt hij.

Nou ja, zeg ik. Je weet maar nooit.

Imogen, heb je gedronken? zegt hij.

Alleen maar water, zeg ik. En ik bedoel, ik weet dat het helemaal niet hetzelfde is, maar ik vind jou best vrouwelijk, en dat bedoel ik niet in verkeerde zin, ik bedoel het in goede zin, je hebt een heleboel vrouwelijks in je, dat weet ik, dat voel ik aan, en dat is ongebruikelijk bij een man en ik vind dat fijn. Eigenlijk vind ik dat heerlijk.

Luister nou even. Ik heb je de hele nacht geprobeerd te bereiken, omdat –, zegt hij.

Ja, nou, als het om de prints gaat, zeg ik, doet het er

niet toe. De prints waren niet belangrijk. Ik belde je hoe dan ook niet in verband met de prints. Ik probeerde alleen maar je aandacht te trekken op de enige manier die ik kon bedenken zonder hardop tegen je te zeggen dat ik op je val. En die dingen doen er echt niet meer toe, niet voor mij, want ik werk niet meer voor Pure.

Het gaat niet over de prints, zegt Paul.

En misschien vind je mij niet aardig, misschien vind je het vervelend dat ik heb gezegd wat ik voelde, nou, geeft niets, maakt me niet uit, ik ben volwassen, ik kom er wel overheen, maar ik moest het hardop zeggen, in ieder geval tegen jou, want ik heb er genoeg van dingen te voelen die ik nooit onder woorden mag brengen, dingen die ik altijd heb ingehouden, ik ben het beu niet te weten of ik het juiste zeg als ik praat, hoe dan ook, ik vond dat ik moest durven, ik vond het de moeite waard en ik hoop dat je het niet erg vindt dat ik het zeg.

Ik laat de woorden de vrije loop, alsof mijn hoofd op hol is geslagen. Het komt door Paul. Hij brengt me het hoofd op hol.

Maar zodra hij de kans krijgt, onderbreekt Paul me.

Imogen. Luister. Het gaat om je zus, zegt hij.

Mijn hart staat stil. Verder niets. De rest is blanco.

Wat is er met mijn zus? Wat is er met mijn zus gebeurd? zeg ik.

Paul staat op het station op me te wachten als de trein bin-nenrijdt.

Waarom ben je niet op het werk? zeg ik.

Omdat ik hier ben, zegt hij.

Hij gooit mijn tas in de achterbak van zijn auto en sluit dan de auto af met zijn afstandsbediening.

We lopen erheen, zegt hij. Dan zie je het beter. De eer-ste is op de muur van het Eastgate-centrum, ik denk van-wege het verkeer dat de stad binnenkomt; de mensen in de auto hebben tijd genoeg om het te lezen als ze voor de stoplichten staan. God mag weten hoe iemand zo hoog is geklommen en daar lang genoeg kon blijven om het onge-stoord op te schrijven.

Hij loodst me langs Marks & Spencers, ongeveer vijf-tien meter de straat in. Inderdaad, de mensen in de auto's die voor de verkeerslichten wachten turen naar iets boven mijn hoofd, leunen zelfs uit de raampjes van hun auto om het beter te kunnen zien.

Ik draai me om.

Achter en boven me staan op de muur woorden, glim-mend, rood, enorm. Ze zijn in hetzelfde handschrift als die op het uithangbord van Pure voordat dat vervangen werd. Eromheen is in trompe-l'œil een prachtige, barok-achtige gouden schilderijlijst getekend. Er staat: WE-RELDWIJD WORDEN 2 MILJOEN MEISJES BIJ HUN

GEBOORTE GEDOOD OMDAT ZE GEEN JONGENS WA-
REN. DAT IS OFFICIEEL. TEL DAARBIJ OP DE OF-
FICIEUZE SCHATTING VAN NOG EENS 58 MILJOEN
MEISJES, GEDOOD OMDAT ZE GEEN JONGENS WA-
REN. DAT MAAKT 60 MILJOEN MEISJES. Daaron-
der, in een handschrift dat ik herken, hoewel het veel gro-
ter is dan normaal: DIT MOET VERANDEREN. Iphis en
Ianthe   de boodschappenmeisjes   2007.

Goeie god, zeg ik.

Ja, zegt Paul.

Wat veel meisjes, zeg ik voor het geval Paul me niet be-
grijpt.

Ja, zegt Paul.

Zestig miljoen. Zeg ik. Hoe? Hoe kan dat vandaag de
dag gebeuren? Hoe is het mogelijk dat we dat niet weten?

Nu weten we het, zegt hij. Ongeveer heel Inverness
weet het nu, als ze willen. En meer. Veel meer.

Wat nog meer? zeg ik.

Hij loodst me terug langs de winkels en de voetgangerszone de stad in, naar het stadhuis. Een klein groepje mensen staat toe te kijken hoe twee mannen in overall met een
spuit het rood van de gevel af spuiten: IN GEEN ENKEL
LAND TER WERELD KRIJGEN VROUWEN HETZELF-
DE LOON ALS MANNEN. DIT MOET VERA

De helft van de omlijsting en het gedeelte met de namen en de data zijn bijna weggespoten, maar nog steeds zichtbaar. Alles is nog te lezen.

Daar zijn ze wel een tijdje zoet mee, zeg ik.

Paul loopt met me om het stadhuis heen, waar een volledige zijmuur vol staat met rode, in goud omlijste woorden: OVER DE HELE WERELD, WAAR VROUWEN PRECIES HETZELFDE WERK DOEN ALS MANNEN, VERDIENEN ZE TUSSEN 30 TOT 40 PROCENT MINDER. DAT IS NIET EERLIJK. DAT MOET VERANDEREN. Iphis en Ianthe   de boodschappenjongens   2007.

Zeker katholieken, zegt een vrouw. Walgelijk.

Ai, dat zal een behoorlijke klap voor het toerisme zijn, zegt een ander. Wie wil er nou een bezoek aan de stad brengen als die vol staat met dit soort dingen? Niemand.

En we hoeven er dit jaar ook niet op te rekenen dat we de Brittannië in Bloei winnen, zegt haar vriendin.

En ook niet dat *Tussen Kunst en Kitsch* ooit weer naar Inverness komt en zo, zegt iemand anders.

Het is schandalig! zegt nog iemand anders. Dertig tot veertig procent!

Ja, ja, zegt een man naast haar. Het is niet eerlijk, zeker niet, als het waar is wat hier staat.

Ja, maar waarom zouden jóngens dat soort dingen op een gebouw schrijven? zegt een vrouw. Dat klopt niet.

Gelijk heb je dat ze dat zouden moeten veranderen,

zegt de schandaalvrouw. En had jij ook niet gedacht dat we nu gelijk waren na al dat gedoe in de jaren zeventig en tachtig?

Ja, maar hier in Inverness zijn we gelijk, zegt de eerste vrouw.

Dat had je gedroomd, dat we gelijk zijn, zegt de schandaalvrouw.

Maar gelijk of niet, dat is nog geen reden het hele stadhuis ermee vol te schrijven, zegt de vriendin van de schandaalvrouw.

De schandaalvrouw spreekt haar tegen terwijl wij helemaal om het kasteel heen lopen. In glanzend rood staat op de gevel boven de ingang van het kasteel, in een vrolijke boog, als de naam van een huis dat vlak boven de voordeur is geschilderd, dat slechts één procent van 's werelds activa in handen van vrouwen is. Iphis en Ianthe   de boodschappenmeisjes   2007.

Hiervandaan kunnen we recht over de rivier zien dat er op de zijmuur van de kathedraal ook joekels van letters staan. Ik kan niet lezen wat er staat, maar ik kan het rood zien.

Wereldwijd worden jaarlijks twee miljoen meisjes gedwongen te trouwen, zegt Paul als hij ziet hoe ik me inspan om het te lezen. En op de glazen deuren van het Eden Court Theater staat dat een op de drie vrouwen en meisjes in de hele wereld slachtoffer is van seksueel of huiselijk geweld en dat dat 's werelds belangrijkste oorzaak van letsel en dood van vrouwen is.

Hiervandaan kan ik DIT MOET VERANDEREN lezen, zeg ik.

We leunen over de balustrade van het kasteel en Paul somt de andere plaatsen op waar ze geschreven hebben, wat er staat en dat de politie naar Pure heeft gebeld om mij te spreken.

Je zus en haar vriendin zitten allebei in voorarrest in Raigmore, zegt hij.

Robin is niet haar vriendin, zeg ik. Robin is haar wederhelft.

Aha, zegt Paul. Ik zal je er nu heen brengen. Je moet de borgsom in orde maken. Ik heb het geprobeerd. Maar ik mocht niet van mijn bank.

Wacht even, zeg ik. Ik wil er alles onder verwedden –

Wat? zegt hij.

Ik wil met jou om hun dubbele borgsom wedden dat er ook ergens op Flora een boodschap staat, zeg ik.

Zoveel heb ik niet, roept hij me achterna.

Ik ren naar het standbeeld van Flora MacDonald die met haar handen boven haar ogen op de uitkijk staat of Bonnie Prince Charlie, nog steeds gekleed in de meisjeskleren die zij hem geleend had om uit het Engelse leger te ontsnappen, de rivier de Ness af komt varen, terug naar haar.

Ik loop driemaal om het beeld heen en lees de woorden die rondom op de sokkel staan. Klein, duidelijk, rood, enkele centimeters hoog: IN DE HELE WERELD BEZETTEN VROUWEN 2 PROCENT VAN DE LEIDINGGEVENDE POSITIES, 3,5 PROCENT VAN 'S WERELDS TOTALE AANTAL KABINETSLEDEN IS VROUW. IN 93 LANDEN VAN DE WERELD BEKLEDEN VROUWEN GEEN MINISTERSPOSTEN. DIT MOET VERANDEREN. Iphis en Ianthe   de boodschappenjongens   2007.

Goeie ouwe Flora. Ik geef een klopje op haar sokkel.

Paul voegt zich bij me.

Ik ga er nu vandoor om de auto te halen en dan pik ik je hier op, zegt hij, en dan rijden we de heuvel op –

Breng me eerst naar huis, zeg ik. Ik ben aan een bad toe. Ik ben aan een ontbijt toe. Daarna kunnen jij en ik misschien praten. Daarna gaan we samen op mijn Rebel naar het politiebureau.

Op je wat? Maar we moeten echt nu meteen naar het politiebureau gaan, Imogen, zegt hij. Er is al een hele nacht overheen gegaan.

Wil je dan niet met mij praten? zeg ik.

Ja, eigenlijk wel, zegt hij. Ik heb je heel wat te vertellen, maar denk je niet dat we –

Ik schud mijn hoofd.

Ik denk dat de boodschappenjongens-meisjes wát trots zijn om daar te zitten.

O, zegt hij. Zo heb ik het nog niet bekeken.

Tot aan de lunch heb ik geen boodschap aan de politie, zeg ik. Dan gaan we erheen en maken we de borgsom in orde. En daarna gaan we met z'n allen een hapje eten.

Paul is heel goed in bed.

(Godzijdank.)

(Nou ja, ik wist dat hij goed zou zijn.)

(Nou ja, dat hoopte ik.)

Ik voel me door jou getroffen, zegt hij na afloop. Heel vreemd.

(Zo voelt het precies aan. De eerste keer dat ik hem zag voelde ik me door hem getroffen. Zelfs alle keren dat we elkaar niet in de ogen konden kijken voelde ik me door hem getroffen.)

Vanmorgen op het station trof ik je zeker, zeg ik.

Ha, zegt hij. Dat is grappig.

We lachen allebei schaapachtig.

Het is de verrukkelijkste lach aller tijden.

(Ik vind dat we elkaar altijd van de trein moeten halen, denk ik bij mezelf. Tenminste, als we niet allebei in dezelfde trein zitten, dezelfde kant uit.)

Ik zeg het hardop.

Ik vind dat we elkaar altijd van de trein zouden moeten halen, tenminste als we niet samen in dezelfde trein zitten. Of zeg ik nu te veel hardop? zeg ik.

Je zegt het te zachtjes, zegt hij. Ik wou dat je het uitschreeuwde.

Het regent behoorlijk hard als we opnieuw vrijen, en later hoor ik het ritmische druppelen, zwaar en gestaag, boven het raam daar waar de goot verstopt is. Dat ritme gaat in tegen de willekeur van de regen die rondom valt en geeft er tegelijkertijd een soort inhoud aan.

Tot nu toe heb ik nooit geweten hoeveel ik van de regen hou.

Als Paul naar beneden gaat om koffie te zetten, maak ik mij los uit mijn overpeinzingen. Ik ga naar de badkamer. Ik zie mijn gezicht in de kleine spiegel.

Ik loop door naar Anthea's kamer, waar de grote spiegel staat. Ik ga op de rand van haar bed zitten en kijk mezelf streng aan.

Ik heb nu maatje 36.

(Ik zie hier, hier, hier, hier en hier botten.)

(Is dat goed?)

Terug in mijn eigen kamer zie ik mijn kleren over de stoel hangen. Ik denk weer aan de lege kleren van dat monument, gemaakt om er zacht uit te zien, maar vervaardigd van metaal.

(Lange tijd heb ik gedacht dat het belangrijker was hoe de kleren om mijn lichaam vallen dan hoe ik in mijn kleren zit.)

Ik hoor Paul bezig in de badkamer. Hij laat de douche stromen.

Alles in de wereld gaat door zijn toedoen stromen, niet alleen de woorden uit mijn mond. Haha.

Het idee van Paul onder mijn douche bevalt me. Om de een of andere reden is de douche de plek waar ik sinds mijn puberteit over dingen nadenk en mezelf vragen stel. God weet sinds hoe lang al ik elke dag die paar minuten onder de douche sta en in het niets praat, net zoals wij, Anthea en ik, altijd deden toen we nog klein waren en naast onze bedjes knielden.

(Maak alstublieft dat ik de juiste lengte krijg. De juiste vormen. De juiste dochter word. De juiste zus. Iemand die niet in de war of treurig is. Iemand met een familie die bij elkaar is gebleven, niet uiteengevallen. Iemand die zich gewoon *beter* voelt. Maak de dingen alstublieft beter. DIT MOET VERANDEREN.)

Ik sta op. Ik bel het politiebureau.

De man aan de balie doet vreselijk familiair.

Ach ja, zegt hij. Wilt u met een van de boodschappen-meisjes of -jongens praten of met een van de zeven dwergen? Wie wilt u? We hebben Doc, Niezel, Grumpie, Bloosje, Dommel, Ie-pist en nog een waarvan ik de naam voor u moet opzoeken.

Ik zou graag met mijn zus willen spreken, Anthea Gunn, zeg ik. En u hebt genoeg flauwe grapjes gemaakt over hun tag.

Over hun wat? zegt hij.

Over een aantal jaren, zeg ik, zullen u en het politiekorps van Inverness niet meer zijn dan een rijtje nietszeggende stoffige namen opgeslagen op een ouwe memorystick. Maar de boodschappenmeisjes, de boodschappenjongens, die zullen een legende zijn.

Tut-tut, zegt hij. Nu, als u nu zo goed wilt zijn de telefoon neer te leggen, juffrouw Gunn, dan zal ik uw kleine zusje zo meteen laten terugbellen.

(Ik denk, terwijl ik wacht tot de telefoon overgaat, er echt over een aanklacht in te dienen. Ík ben de enige die grapjes over mijn zus mag maken.)

Waar was je? zegt ze als ik opneem.

Anthea, denk je nu werkelijk dat je de wereld ook maar iets kunt veranderen door jezelf een gekke naam te geven en te doen wat je hebt gedaan? Denk je nou echt dat je met een paar woorden verandering kunt brengen in alles wat oneerlijk is en al het lijden en al het onrecht en alle ontberingen?

Ja, zegt ze.

Prima. Goed, zeg ik.

Goed? zegt ze. Ben je niet boos? Ben je echt niet razend op me?

Nee, zeg ik.

Nee? zegt ze. Moet ik dat geloven?

Maar ik denk dat je moet leren de politie slimmer af te zijn, zeg ik.

Ja, zegt ze. Daar werken we aan.

Jij en dat meisje met die vleugeltjes die uit haar hielen komen, zeg ik.

Is dat een gemene opmerking over Robin? zegt ze. Want in dat geval weet ik nog wel iets leuks over je motorfiets te zeggen.

Ha, ha, zeg ik. Je mag een van mijn helmen lenen, als je wilt. Maar waarschijnlijk wil je dat niet, want op mijn helmen staan geen vleugels zoals op die van Robin.

Hè? zegt ze.

Het is een verwijzing, zeg ik. Naar een bron.

Hè? zegt ze.

Niet hè zeggen, zeg sorry of neem me niet kwalijk. Ik bedoel als Mercurius.

Als wat? zegt ze.

Mercurius, zeg ik. Je weet toch wel? De oorspronkelijke boodschappenjongen. Met vleugels aan zijn hielen. Wacht even. Ik ga naar beneden om mijn mythologische woordenboek te pakken –

Nee, nee, Midge. Ga nergens heen. Luister nou even, zegt ze. Ik heb niet veel tijd aan de telefoon. Aan pa kan ik het niet vragen. Robin heeft niemand om het aan te vragen. Help ons deze ene keer. Alsjeblieft. Ik zal het nooit meer vragen.

Weet ik. Je wilt natuurlijk niets liever dan die kilt uittrekken, zeg ik, en ik barst weer in lachen uit.

Nou, wanneer je klaar bent met jezelf zo leuk te vinden, zegt ze, zou het fantastisch zijn als je me inderdaad andere kleren zou kúnnen brengen.

Maar gaat het wel, gaat het daar goed met jullie allebei? zeg ik.

Met ons gaat het goed. Maar als je, laat ik zeggen, eh, zo snel mogelijk een halfuurtje afwezigheid zou kunnen rechtvaardigen tegenover Dominorm of hoe die ook heten mag, en jezelf lang genoeg aan het Pure rijk kunt onttrekken om een borgsom voor ons te komen betalen. Ik betaal je het terug. Dat beloof ik je.

Je zult wel moeten, zeg ik. Ik ben momenteel werkloos.

Hè? zegt ze.

Ik ben vrij, zeg ik. Ik ben niet meer Pure.

Nee! zegt ze. Wat is er gebeurd? Wat is er mis?

Er is niets en van alles gebeurd, zeg ik. En bij Pure is alles mis. Alles, maar dan ook alles. Maar dat wist je al.

Meen je dat? zegt ze.

Honderd procent, zeg ik.

Wauw, zegt ze. Wanneer is dat gebeurd?

Wat? zeg ik.

Het wonder. Dat de hemel mijn zus voor jou heeft geruild, wie jij ook bent.

Een met liefde gegeven glas water, daar komt het door, zeg ik.

Hè? zegt ze.

Hou nou eens op met hè zeggen, zeg ik. Ik dacht dat we zo meteen een eindje konden gaan wandelen –

Hé, mag ik wel even met nadruk zeggen dat het dringend is? zegt ze.

Maar ik dacht misschien eerst naar een tuincentrum te rijden om wat zaad en bollen te kopen –

Dringend dringend dringend dringend, zegt ze.

En daarna de rest van de middag en avond aan de oever van de rivier door te brengen –

DRINGEND, gilt ze door de telefoon.

– en daar een goeie slagzin te planten, die volgend voorjaar op onverklaarbare wijze in het gras zal opkomen. REGEN IS VAN IEDEREEN. Of: ER BESTAAT NIET ZOIETS ALS EEN TWEEDE GESLACHT. Of: PURE DOOD = PRACHTIG. Iets in die trant.

O. Dat is een goed idee, zegt ze. Dat langs de rivier planten. Wat een fantastisch idee.

En jullie zijn ook te wijdlopig. Veel te lange zinnen. Het moet eenvoudiger. Jullie hebben slagzinhulp nodig. Jullie hebben absoluut wat creatieve assistentie nodig –

Is dat creatief met een kleine c of een grote? zegt ze.

– en wisten jullie trouwens, nu we het toch over slogans hebben, zeg ik –

Midge, kom nou maar hierheen, zegt ze. Nu. En vergeet geen kleren mee te nemen –

– dat het woord slogan uit het Gaelisch komt? Het heeft echt een interessante geschiedenis.

Nee, nee, nee, zegt ze, begin nu alsjeblieft niet met dat gedoe van zeg-het-juiste-woord-zoals-het-hoort-en-niet-verkeerd, kom nu maar en haal ons hier weg, Midge, ja? Midge? Ben je daar nog?

(Ha, ha!)

Wat is het toverwoord? zeg ik.

EN NU ALLEMAAL
TEZAMEN

Lezer, ik heb hem/haar getrouwd.

Het is een gelukkig einde. Kijk eens aan.

Ik bedoel niet dat we een trouwplechtigheid hebben gehad. Ik bedoel niet dat we een burgerlijk partnerschap hebben gesloten. Ik bedoel dat we gedaan hebben wat nog steeds na al deze eeuwen onmogelijk is. Ik bedoel dat we het vandaag de dag nog immer wonderbaarlijke gedaan hebben. Ik bedoel dat we getrouwd zijn. Ik bedoel dat we hier kwam de bruid. Ik bedoel dat we in het huwelijks- bootje zijn gestapt. Ik bedoel we hopsa-heisaden, door gingen we, we mendelssohnden, we epithalamiumden, we gingen uit ons dak, timmermannen, want een andere bruid, of bruidegom, als zij was er niet. We kroonden el- kander met guirlandes van bloemen. We stampvoetten op de in linnen gewikkelde wijnglazen. We sprongen over de bezemsteel. We ontstaken de kaarsen. We kruisten de roe- den. We draaiden om de tafel. We draaiden om elkaar. We voerden elkaar honing en walnoten van zilveren lepels; we voerden elkaar thee en sake en we zoetten elkaars thee; we voerden elkaar de *borhani* onder het mooie kleed; we lieten elkaar proeven van citroen, azijn, cayenne en honing, een- maal voor elk van de vier elementen. Met verstrengelde handen smeekten we vervolgens de zegen af van de lucht, het vuur, het water en de aarde; wij vervaardigden onze huwelijksband van gras, van lint, van een zilveren koord, van een snoer schelpen; we plengden water op de grond in de vier windrichtingen en we riepen onze voorouders op om als getuigen aanwezig te zijn, zo moge het zijn! We gaven elkaar kolanoten als symbool van verbondenheid, eieren en dadels en kastanjes als symbolen van rechtschapenheid, overvloed, vruchtbaarheid, dertien gouden munten als symbool van nimmer aflatende onzelfzuchtigheid. Met deze ringen verbonden wij ons in de echt.

Wat ik wil zeggen is. Daar, onder de bomen, op een frisse lentedag aan de oever van de rivier de Ness, die snelle zwarte hoofdader van een noordelijke Schotse stad; daar, met de ene presbyteriaanse kerk naast de andere, schonken wij onder de bloesem elkaar de hand, gaven en namen elkaar in voorspoed en in tegenspoed, in ziekte en gezondheid, beloofden elkaar lief te hebben, te troosten, te eren, te verzorgen en te beschermen en om elkaar vanaf die dag en alle dagen daarna te aanvaarden en trouw te zijn tot de dood ons scheidt.

Ness zei ik Ness ik wil Ness.

Tegen de dunne lucht, tegen het daar aanwezige niets, met de rivier als onze getuige, zeiden we ja. We zeiden dat we dat deden. We zeiden dat we het zouden doen.

We dachten dat we alleen waren, Robin en ik. We dachten dat alleen wij er waren, onder de bomen voor de kathedraal. Maar we hadden onze gelofte nog niet afgelegd of er klonk een luid gejuich achter ons, en toen we ons omdraaiden zagen we alle mensen, het waren er wel honderden, ze klapten en juichten, ze strooiden confetti, ze wuifden en stieten feestkreten uit.

Mijn zus stond vooraan met haar wederhelft, Paul. Ze was gelukkig. Ze glimlachte. Paul zag er gelukkig uit. Hij liet zijn haar groeien. Mijn zus gebaarde naar me alsof ze het niet kon geloven, en wees naar een stel niet ver van haar vandaan – kijk! – waren zij het? – nou en of zij het waren – onze vader en moeder, allebei, en ze stonden naast elkaar en ze maakten geen ruzie, ze praatten heel beleefd tegen elkaar, ze klonken met hun glazen terwijl ik toekeek.

Ze hebben het erover hoe ongepast de trouwerij is, zei Midge.

Ik knikte. Voor het eerst in jaren dat ze het ergens over eens zijn, zei ik.

Alle andere mensen uit het verhaal waren er ook; Becky van Receptie; de twee stagiaires, Chantelle en haar vriendin Lorraine; Brian, die met Chantelle ging; en Chantelles ma, die weliswaar niet in het verhaal voorkwam maar die duidelijk een zwak voor Brian had; een hele groep Pure-mensen, inclusief die van de bewaking die eerst Robin hadden gearresteerd; ze wuifden en glimlachten. Niet Norman en Dominic, zo heetten ze toch? die waren naar het hoofdkantoor gepromoveerd, dus zij waren er niet – tenminste, ik zag hen niet, en niet de baas der bazen Keith, ik kan me niet herinneren hem gezien te hebben. Maar de burgemeester met de volledige gemeenteraad was er, en er waren enkele ambtenaren van gebouwen waarop we hadden geschreven: het theater, het winkelcentrum, het kasteel. Er was een mannenkoor van het Inverness-politiekorps aanwezig, dat prachtig gearrangeerde liedjes van Gilbert en Sullivan zong. Vervolgens zong het Vrouwelijke Agentenkorpskoor een al even mooi arrangement van *Don't Cha (Wish Your Girlfriend Was Hot Like Me)*. Toen hield de burgemeester een mooie toespraak. Inverness, zei ze, dat ooit beroemd was om zijn geloof in opzienbarende oude zeewezens, was nu beroemd geworden om iets nieuws: om eerlijkheid, om kunst, en om de kunst van eerlijkheid. Het aantal toeristen dat Inverness, nu wereldwijd bekend om zijn bewogen en inspirerende kunstwerken, verwelkomde was verviervoudigd. En nog eens duizenden mensen kwamen speciaal om de openbare tentoonstellingen te bezoeken. En niet alleen *Kunst of Kitsch*, maar ook *Songs of Praise*, *Question Time* en *Newsnight Review* hadden stuk voor stuk een aanvraag bij de gemeenteraad ingediend, zo graag wil-

den ze zichzelf laten opnemen voor de befaamde met slag-
zinnen beschreven muren. De Inverness-kunst was misschien aanleiding geweest tot na-aperij in andere steden,
maar nergens was hij zo goed als in de stad waarvan vanaf
vandaag het herkenningsmotto, dat nu op alle wegwijzers
bij alle toegangswegen naar de stad geschreven stond, zou
zijn: *Honderdduizend Maal Welkom En Zie Je Een Misstand,*
Schrijf Het Op! Ceud Mile Failte! Còir! Sgriobh!

Wat een vreselijke zin, zei ik stiekem tegen Robin.

Heeft je zus bedacht, zei Robin. Wil vast en zeker een
baan bij de Commissie Creatie.

Wat is jouw familie? vroeg ik Robin. Ze wees hen aan.
Ze stonden bij de tafel met drankjes tussen Venus, Artemis en Dionysios; haar vader en moeder knuffelden de baby Cupido, hetgeen een probleem was vanwege de pijlen
(feitelijk was er later enige opschudding toen Lorraine
haar vinger sneed aan een pijlpunt en waren er zelfs nog
meer problemen toen Artemis en Chantelle in het sche-
merduister beneden aan de oever van de rivier werden
aangetroffen, waar ze pijlen afschoten op de konijnen in
het gras om het kasteel en – Chantelle was immers vreselijk kippig – de schade aan vier passerende auto's betaald
en Brian getroost moest worden nadat Chantelle een eeu-
wig celibaat gezworen had, dus was het achteraf maar een
geluk dat Chantelles ma gekomen was).

Vervolgens waren er de speeches en Midge las de excuusbrieven voor, waaronder een van het Monster van Loch Ness, die ons een oude verroeste onderwaterradarantenne stuurde, enkele gesigneerde foto's van haarzelf en een prachtige set zilveren vismessen, en er was een half met goud, half met zwart omrand telegramgedicht van John Knox, die het betreurde dat hij er zelfs niet in zijn verbeelding bij kon zijn:

Dit's vur gi
Wa' ben jelui?
Veel te veel
En allen ter helle verdoemt.
Maar wat con ic seggen
Het is een troudag,
Dus kom en hef het glas
En drinck heyl op het verdoemde paer!

Vervolgens ontvingen we de zegeningen, en de heildronken. Eer, rijkdom, huwelijksgeluk, Liefde, continuïteit, en vermeerdering, dat de Horen niet aflaten hun zegen over ons te doen neerdalen, dat Juno ons haar zegeningen geeft, totdat alle zeeën droogvallen en de rotsen onder de zon smelten. Dat onze eeuwige zomer nooit ophoudt. Dat de weg ons tegemoet komt en God ons immer zal bestieren. Een hond op twee poten dronk te veel whisky. Een godin die zo vorstelijk was dat het Isis geweest moet zijn, maakte zolang de receptie duurde edele verse gasten van klei. Een mooi Grieks stel kwam bevallig naar voren en schudde ons de hand; ze waren zelf pas getrouwd, zeiden ze, en hoe was de voorbereidingstijd voor de bruiloft geweest? was die net zo zenuwslopend geweest als voor hen? Ze hadden nooit gedacht dat ze het zouden halen. Maar ze hadden het gehaald, ze waren gelukkig en ze wensten ons alle geluk. Ze zeiden dat we voor onze huwelijksreis naar Kreta moesten gaan, waar hun families ons zouden ontvangen, en dat is precies wat we deden, Robin en ik; toen de bruiloft voorbij was, haastten we ons naar het hete eiland, waarvan de bodem bedekt is met wilde bloemen, marjolein, salie en tijm, met rotsen die gespleten worden door de kracht van kleine witte en roze en gele bloempjes, en waar het overal geurt naar kruiden en zout en zee.

We stonden bij de oorsprong van het Iphis-verhaal, we stonden tussen twee roodgeschilderde pilaren van het herbouwde paleis, we gingen naar het museum om te kijken naar de oude, gereconstrueerde, opnieuw bedachte schildering van de atleet, de acrobaat, jongen of meisje of beide, die zo lenig was dat hij een koprol over de rug van de aanvallende stier kon maken. We stonden op de plek waar eens de rijke, hoog ontwikkelde beschaving van de minoï-

sche kannibalen had geheerst voordat de natuur hen sim-
pelweg in vergetelheid had gedompeld, en we dachten aan
het verhaal dat was voortgekomen uit hun rituelen, het
verhaal van de jaarlijkse offeranden van zeven jongens en
zeven meisjes aan het beest met de stierenkop, en de slim-
me kunstenaar, de man die menselijke vleugels uitvond en
voor de meisjes en jongens een veilige ontsnapping uit het
bloedige labyrint bedacht.

Maar terug op de bruiloft was het orkestje inmiddels
gaan spelen, en wat een geweldig geluid, want de legenda-
rische violist met het rode gezicht die altijd op de mooiste trouwpartijen speelde was gekomen en had te drinken
gekregen en had zijn viool tevoorschijn gehaald, hij was
de man die gebogen hout en paardenhaar, kattendarm en
hars veranderde in een enkele merel en vervolgens in een
zwerm merels die alle avonden tezamen zongen, en dan in
kuit van vrolijke zalm, in de terugkeer van het langverbei-
de schip naar de haven, in het verlangen dat op een geluk-
zalige plek wacht op twee mensen die nog niet weten dat
ze elkaar precies daar zullen treffen waar stenen met gras
bedekt worden, grenzen zichzelf kruisen. Het was het lied
van het verloop der dingen, het lied van de onbelemmer-
de rivier, en daar naast de violist was zijn gabber, die de
melodie versterkte en die, als hij met zijn metgezel mee-
speelde, in alles wat hij te pakken kreeg (fluit, trekhar-

monica, harp, gitaar, een oud leeg olieblik en een stok om erop te slaan) het soort muziek ontdekte waardoor niet alleen struiken en bomen zichzelf los van de grond trokken en daarheen gingen waar ze hem beter konden horen, maar ook hun bladeren en takken in de lucht wierpen, waardoor alle zeemeeuwen met hun vleugels klapwiekten, waardoor alle honden van de Hooglanden van blijdschap blaften, alle daken op de huizen dansten, elke steen uit de hele stad zichzelf lostrok, op zijn kant ging staan en een vrolijke pirouette uitvoerde, zelfs de oude kathedraal op zijn vaste grondvesten opsprong en een sprongetje maakte.

En toen kwam de verbazingwekkende kleine boot de rivier op, de rivier waar nooit boten kwamen, met van voren de twee uitsteeksels van glasvezel als de hoorns van een geit of een koe of een godin, en zijn zeil opgestoken en wit afstekend tegen de bomen en de lucht. Hoe hij van het meer tussen de eilanden door was gekomen, hoe hij het onmogelijke had gedaan, hoe hij onder de Infirmary Bridge door was gekomen met zijn enorme opgestoken zeil zullen we nooit weten, maar hij kwam, hij voer over het stuk van de Ness Bank en hij meerde precies onder ons af, en aan het roer stond onze grootmoeder en degene die het touw uitwierp was onze grootvader. Robert en Helen Gunn, ze waren terug van de zee, op tijd voor het feest.

We voelden aan ons water dat er iets aan de hand was! riep onze grootmoeder ons toe toen ze voet aan land zette. Dat wilden we niet missen, voor geen goud!

Nu, meisjes, hebben jullie je netjes gedragen en is iedereen goed voor jullie geweest? en hoe was jullie vangst? hebben jullie goede vis gevangen? dat was onze grootvader, met zijn oude armen om ons heen terwijl hij onze haren in de war maakte.

Ze waren jonger dan op de dag dat ze vertrokken. Ze waren gebruind en krachtig, hun gezichten en handen hadden groeven als de stammen van bomen. Ze maakten kennis met Robin. Ze maakten kennis met Paul. Ze sloegen hun armen om hen heen als om familieleden.

Onze grootmoeder danste de Canadese schuurdans met Paul.

Onze grootvader danste de Gay Gordons met Robin.

De muziek en het dansen gingen door tot laat in de avond. Eigenlijk werd er nog steeds gedanst toen de nacht voorbij was, het weer licht werd en er een nieuwe dag aanbrak.

Hmm. Goed. Ik weet het.

Dat had ik gedroomd.

Maar wat ik wil zeggen is, we stonden aan de oever van de rivier onder de bomen, wij tweeën, en we beloofden elkaar het niets dat daar was, het niets dat ons gemaakt had, het niets dat luisterde, dat we werkelijk verlangden om onszelf te overstijgen.

En dat is de boodschap. Dat is het. Dat is alles.

Kringen die wijder worden aan het oppervlak van een meer boven een erin geworpen steen. Een slok water aangeboden aan een dorstige reiziger die onderweg is. Niets meer dan wat er gebeurt als dingen samenkomen, als waterstof zuurstof treft, of een verhaal van toen een verhaal van nu treft, of steen treft water treft meisje treft jongen treft vogel treft hand treft vleugel treft bot treft licht treft duister treft oog treft woord treft wereld treft korrel treft zand treft dorst treft honger treft nood treft droom treft werkelijkheid treft gelijkheid treft verschil treft dood treft leven treft einde treft alles opnieuw beginnen, het verhaal van de natuur zelve, immer inventief, die van het een het ander maakt, het een tot het ander, en niets duurt, en niets gaat teloor, en nooit gaat iets teniet, en alles kan altijd veranderen, omdat alles altijd zal veranderen, en alles zal altijd verschillend zijn omdat alles altijd verschillend kan zijn.

En het waren altijd de verhalen die verteld moesten worden waardoor we het koord kregen waarmee we elke rivier konden oversteken. Zij lieten ons hoog boven bergspleten bungelen. Ze maakten dat we echte acrobaten werden. Ze maakten dat we moed kregen. Ze troffen ons aangenaam. Ze veranderden ons. Dat lag in hun aard besloten.

En er is altijd nog een heel ander verhaal, zei mijn grootvader in mijn oor terwijl hij bukte en de warme steen in mijn hand legde, daar was ie, klaar om door mij geworpen te worden.

Zo is het toch, Anthea?

Zo is het, grootvader, zei ik.

Dankwoord

Ik heb de geschiedenis van Burning Lily bewerkt naar het verhaal over het vroege leven van Lilian Lenton in *Rebel Girls* van Jill Liddington (Virago, 2006).

De mythe van Iphis komt uit boek Negen van Ovidius' *Metamorphosen.* 'Breng jullie geschenken naar de tempels, gelukkig paar, en wees verheugd, vol vertrouwen en onbevreesd!' Het is een van de vrolijkste metamorfosen uit het hele oeuvre, een van de gelukkigste ontknopingen van de verhalen over het verlangen naar en de consequenties van gedaanteverwisseling.

De statistieken in hoofdstuk 4 werden verzameld door Womankind (www.womankind.org.uk), een Britse liefdadigheidsorganisatie wier raison d'être is stem, hulp en rechten te geven aan machteloze vrouwen in de hele wereld.

De retorische opbouw van een van Keiths praatjes ontleende ik aan een in 2001 door de socioloog J-P Joseph gehouden voordracht over het wereldomvattende waterbe-

drijf Vivendi Universal, geciteerd in *Blue Gold* door Maude
Barlow en Tony Clarke (Earthscan, 2002). Verder zijn de
geschriften van Vandana Shiva een goed hulpmiddel om te
begrijpen wat er op dit moment in de wereld gaande is
als het gaat om het waterbeleid, zoals *H2O: A Biography
of Water* door Philip Ball (Weidenfeld & Nicolson, 1999),
waaruit we, tussen vele andere fantastische zaken, leren
dat 'water gebogen wordt'.

Dank je wel, Xandra. Dank je wel, Jeanette.
Dank jullie wel, Rachel, Bridget en Kasia.
Dank jullie wel, Robyn en Hiraani op This ASFC.
Dank je wel, Andrew, en iedereen bij Wylie's, in het bij-
zonder Tracy. Dank je wel, Anya.

Dank je wel, Lucy.

Dank je wel, Sarah.